繪圖 · BLAZE WU

GAEA

Gaea

Gaea

獵命師傳奇

FateHunter

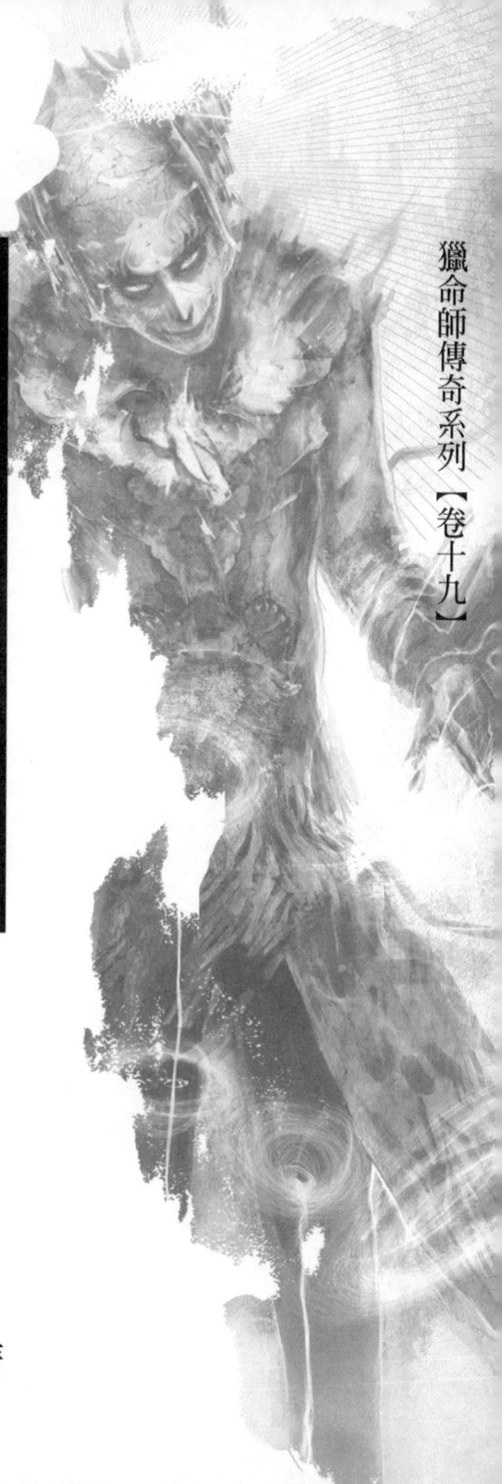

獵命師傳奇系列【卷十九】

九把刀 Giddens 著

「不可詩意的刀老大」之
我變胖的眞正原因

最近這幾年來，我的人生出現一些變化，造成我很大的困擾。

困擾往往伴隨著甜蜜的果實，所謂的甜蜜果實也就是這幾年我的小說越賣越好。但我不是要假裝抱怨我的小說賣很好有什麼問題，小說賣得好，我當然很高興，然而小說之所以大受歡迎，其實都多虧了學校老師的大力幫忙，因爲不管我寫什麼題材，學校老師都會說：「拜託不要再看九把刀的小說了，沒營養，看了國文會變爛！會！變！爛！」

學生就是這樣，在我還是中二生的時候，老師常常對我們咆哮：「不要再看金庸小說了！看再多——考試！也不會！考！」的時候，我就自動在腦內翻譯成：「考試都考無聊的東西，所以不會變成考題的書一定都很好看耶！」所以我就給他狂看金庸小說，果然非常好看，然後幹考試眞的不會考。

總之老師對我的批評依舊造成了反效果，好像我的書特別好看一樣，學生常常在抽屜裡把我的小說傳來傳去，書被沒收了就再買一本，導致書的銷量莫名其妙地居高不下，這都是老師的功勞。（希望老師永遠不要將我的小說變成指定的課外讀物強迫學生去讀，否則學生一定會覺得我的書很難看～～）

不過為了好好教育出不看九把刀小說的學生，使命感強烈的老師絕不能輕易放棄。為了證明我是一個貨眞價實的爛人，思想有問題，或根本沒有什麼思想，學校老師常常邀請我去大禮堂演講，好逼我在台上公開出糗。

沒想到我的演講也很受學生歡迎，大家聽完演講之後大為振奮，紛紛發誓要成為對國家社會有貢獻的民族英雄，讓學校老師大為挫折，尤其學生們在演講過後的國文作文考試上都有不同凡響的表現，更是將全校老師逼到絕境。

比如有一間優秀學校出的作文題目是：「生命中最重要的一次轉機」。這的確是個非常正面又有營養的題目，剛剛聽完演講的學生無不振筆急書……

生命中最重要的一次轉機／張琦玉

我生命中最重要的一次轉機，其實只有一次轉機。那是去年夏天我媽媽帶我們去德國法蘭克福找爸爸（這次媽媽說他可能是我們的爸爸，但我們去過之後才發現不是，眞的有給他傷心到，不過那個德國人人蠻好的，沒有趕我們走，還帶我們到處玩，一開始媽媽是有一點難過，不太說話，不過後來也好了，我問媽媽爲什麼心情變好，媽媽說是因爲這個德國人每天晚上都有認眞幫她打針。媽媽還說，如果這次很會打針的德國人不是眞的爸爸，那我們的爸爸十之八九是一個法國人，媽媽說他更會打針，所以明年暑假我們可能要去法國找爸爸，希望是巴黎，我想去看那個鐵塔）的時候，我們在香港的機場轉機，那次轉機有六個小時的時間，眞的好久喔，本來以爲會超無聊，幸好香港機場很大很好玩，還有很多奶油豬仔包可以吃，還有……（以下省略五百字）

這種智障理解法只是冰山一角，還可以推托給命題老師不夠嚴謹，導致題意語焉不詳。況且學生寫得文情並茂，還很關心媽媽，算是頗有可取之處。

以下這個就很糟糕……

生命中最重要的一次轉機／杜家凱

那當然是看刀大拍的電影「那些年，我們一起追的女孩」啦！幹眞的是超好看的，最好看的部份當然就是柯景騰跟那個勃起上課比賽打手槍啦，眞的好酷喔，他們還看著老師打，這一點更是酷斃了，不過柯景騰被李組長罵的時候說他沒有射，幹一臉很可惜，讓我很替刀大不値。男子漢就是要講義氣，我想要帶替刀大完成他的夢想（畢竟刀大說過，說出來會被嘲笑的夢想，才有實踐的價値，即使跌倒了，姿勢也會很豪邁！），所以我現在一邊寫作文一邊偷偷打手槍，幹眞的好刺激喔。考試打手槍眞的有難度，因爲班上的女生都很醜（幹幹幹！），監考老師還是個男的，我眞的不知道我應該看著誰打，幹幸好刀大也說過：「慢慢來，比較快！」所以我決定慢慢打，不要著急，幹重點是最後一定要射出來（畢竟刀大也說過，不是盡力，是一定要做到），才能完成刀大多年以前的夢想。

嗯，是這樣的杜家凱同學，可以請你不要一直引述我的話在這種低能低級低智商的文章裡嗎？可以不要一直寫幹嗎？可以不要在寫作文考試的時候打手槍嗎？最重要的是，考試打手槍被抓到的時候，幹可以不要牽拖是幫我實現夢想嗎？

不過更過分的還有以下……

生命中最重要的一次轉機／蔣偉齡

斬鐵

我說蔣同學，要玩整頁疊字無所謂，但斬鐵跟轉機實在沒什麼關係，下次要玩梗還是找一個跟轉機有關係的詞來疊，好嗎？比如說……

還沒出現還沒出現還沒出現還沒出現還沒出現還沒出現還沒出現還沒出現
還沒出現還沒出現還沒出現還沒出現還沒出現還沒出現還沒出現還沒出現
還沒出現還沒出現還沒出現還沒出現還沒出現還沒出現還沒出現還沒出現
還沒出現還沒出現還沒出現還沒出現還沒出現還沒出現還沒出現還沒出現
還沒出現還沒出現還沒出現還沒出現還沒出現還沒出現還沒出現還沒出現
還沒出現還沒出現還沒出現還沒出現還沒出現還沒出現還沒出現還沒出現
還沒出現還沒出現還沒出現還沒出現還沒出現還沒出現還沒出現還沒出現
還沒出現還沒出現還沒出現還沒出現還沒出現還沒出現還沒出現還沒出現
還沒出現還沒出現還沒出現還沒出現還沒出現還沒出現還沒出現還沒出現
還沒出現還沒出現還沒出現還沒出現還沒出現還沒出現還沒出現還沒出現
還沒出現還沒出現還沒出現還沒出現還沒出現還沒出現還沒出現還沒出現
還沒出現還沒出現還沒出現還沒出現還沒出現還沒出現還沒出現還沒出現

這樣跟題目也比較有呼應，分數也會比較高，好嗎？

但是最機歪的還是這一篇……

生命中最重要的一次轉機／陳光華

！

請問這是三小？

你這樣寫，萬一得獎了怎麼辦？

想一想，那些老師說的也有道理，學生受我影響太深，導致作文都大暴走，人生觀方面就更不用說了，亂七八糟，動不動就想打手槍，眞的是太想陷害我。

沉思良久後，我決定找出版社編輯討論一個想法。

「你再說一遍？」編輯瞪著我。

「我說，我決定以後每一本小說後面，都附上佛經或聖經的部分內容，這樣可以幫助讀者修身養性，導正讀者剛剛被我荼毒過的思想。」

「那你自己的小說？」

「爲了讀者的心靈，從現在起我每一本小說都只寫一點點就好，書的頁數構造呢，主要還是以佛經跟聖經爲主，可蘭經也可以，李家同跟劉墉跟林清玄的書也不錯。總之我會開始忍痛節制我的創作量，這是爲了公平正義。」

「九把刀，癥結並不是小說的內容。」編輯語重心長地說。

「啊？」

「九把刀，其實我們出版社早就發現讀者有普遍智障化這個趨勢了，所以我們也默默做了一年的問卷調查，結果發現，雖然你的思想眞的很有問題、低能、低級、低智商、沒水準、愛用幹當發語詞、太色、太鄉民，但讀者會被你影響，主要不是你的思想，而是……」

「而是什麼！」我有點害怕。

「而是──」編輯嚴肅地說：「你太帥了。」

什麼！

竟然是因為我帥！

「……」我一時之間難以接受：「是因為我太帥了？」

「是的，學生一向崇拜偶像，所以會效法偶像的一言一行，既然你的帥度已經破表，縱使你的行為常常很低級智障，但學生想學習你的言行舉止，也是無可奈何。」

「雖然我太帥了是一件不容爭辯的事實，但……」我眞的快崩潰了：「但我太帥了，也不是我的錯啊！」

「不是你的錯，但你的帥的確是一個無法改變的事實。」編輯嘆氣：「就讓那些迷途的學生繼續追隨你低級的背影吧。」

這眞的是太不公平了。

原本我以爲只要我將聖經裝在小說後面，就可以洗滌我的罪孽，沒想到我眞正的罪並不是我的思想，而是我的帥。這眞的是太讓我震驚，也太讓人想哭了吧。

不行。

我絕對不能坐視我的讀者因爲我的帥，就盲目崇拜我，考試時亂寫作文，或藉我之名在上課亂打手槍害我上報紙，絕對不能！

那一天，我看著日出，然後就這麼雙眼直視太陽，直到它終於受不了又落下去爲止。爲了蒼生，我暗暗決定了一件事。

我開始狂吃，每天都吃宵夜，吃完立刻睡。嘴巴一閒下來就把金莎、朗沙、MM巧克力塞進口中。我隨時都可以吃奶油波羅包，吃完還配一杯冰珍珠奶茶漱口。然後無節制地熬夜，徹底破壞我體內的新陳代謝機制。能夠不大便就不大便，好訓練我的身體重新從內部回收我的大便作爲養分，將那些沒營養的垃圾通通往小腹囤積起來。

汲汲努力過好幾個月後，我終於成功把我的肚子吃大，把臉吃腫，完全將自己吃成了一個胖子，這才勉強降低了我的帥度。

——這就是我最近變胖的原因。

獵命師傳奇系列【卷十九】

目錄

〈搶奪歷史的最後戰士〉之章〔下〕

第572話

暴風雪裡的第七時間區。

時間塔前，預計上演這個世界最後的一次戰鬥。

白線兒，烏霆殲，銀荷，谷晶晶，谷亮亮，他們是最惡名昭彰的恐怖份子，任何驚世駭俗的罪名都樂於揹負，只爲了在這一關鍵時刻站在這個地方。

面對來犯的強敵，一千名最精銳的福音軍嚴陣以待，卻沒再進一步往前壓。

因爲他們知道不得剝奪偉大領袖戲弄玩具的樂趣。

火焰直射天際。

「這一天，來得太晚。」

烏霆殲劍眉直豎，斷臂之處的惡魔之爪，緊緊握著一股憤怒的能量。

這股能量，強烈到連一旁的白線兒都全身豎毛。

其眼前的最後大惡魔，笑吟吟地按下面具兩側的按鈕。

「我完全同意。」

每一個時間區裡受福音軍管轄的區域，每一道被電子通訊儀器蒐集而來的腦波能量直衝至大氣層之上的十多枚軍事衛星，軍事衛星接收了上億人的腦波能量後，再往下暴傳至這一張面具裡，凝聚成無人能擋的招式。

在這個不成時代的時代，大惡魔還有另一個名字。

救世主。

就在東京被核彈封印、全世界的「時間」堂堂邁向崩潰之際，國家級的公權力蕩然無存，無國界概念的Z組織順勢崛起，其強大的實力幾乎在第一時刻就取代了舊有政府機制的運作，它爲這個世界提供了新的解決方案。

爲了在吸血鬼橫行遍野、核輻射無限擴散的醜惡世界生存下去，弱小的人類，必須再一次進化。而Z組織不斷強調，在進化的曲線上，「演化」是弱者不得不的手段，太過緩慢也過於依賴環境，但強者，則能強勢「突變」！

「第三種人類」，就是Z組織提供的突變唯一解。

爲了示範第三種人類的優秀基因，由在「東京大決戰」立下顯赫戰功的「灰色十字架」作爲開路先鋒，在每一個時間區裡進行種族大清洗，不僅殲滅許多吸血鬼建立的永夜國度，卻也毫不留情毀掉由舊人類組成的新聯盟，Z組織爲被其征服的城裡舊人類，進行免費的基因升級計畫——通通升級成優秀的灰色新人類。

四處攻城掠地的灰色十字架，世人稱其「福音軍」。

福音軍的領袖，則被冠以救世主之名，授予撰寫歷史的權柄。

凱因斯。

救世主凱因斯。

第573話

「結束吧！」

烏霆殲暴喝，揚起惡魔之爪重重抓向戴著奇怪面具的凱因斯。

「很不錯的一招。」

凱因斯笑道：「唯一的缺點是，怎麼還是這一招？」

瞬間，一隻能量化的巨掌憑空從凱因斯的身後轟出，硬接惡魔之爪。

巨爪對巨掌，迸散出的能量射線震裂了腳下大地。

如果巨掌只是單純的幻術，根本就接不了烏霆殲這一爪。

——可現在，巨掌與巨爪幾乎是硬碰硬的真正對轟！

幾千年了，神祕悠遠的Z組織針對獵命師與吸血鬼兩族研究已久，他們一直都在尋找可以複製這兩族長處的方法，好強化他們接管世界歷史的實力。

他們戮力研究血族神速自我療癒的頑強體質，發明出相剋的灰色基因加以對抗。

他們研究白氏貴族不可思議的幻術能力，大費周章打造出一系列的科技技術用以捕捉全人類的腦波，再虛造出更凌駕在白氏貴族之上的幻殺。

他們同樣研究獵命師古老的奇術世界，研究命格的能量形式，研究如何捕捉命格，研究如何儲存命格，甚至研究如何複製命格——儘管產生效用的時間有限，但這種研究成果終究連獵命師也自嘆不如。

他們也研究獵命師各種屬性的咒語，試圖憑空製造出火焰、瞬間金屬化身體、無中生有神話般的昆蟲、藉水施展空間重送的功能等等，雖然常常失敗，但偶有重大發現。

在東京大決戰之前，Ｚ組織還只能用怪獸般的巨大機械捕捉全人類腦波，以製造各式各樣逼真的幻覺經驗。但在東京大決戰之後的二十年，Ｚ組織已經能將蒐集而來的腦波轉化成更純粹的能量，再將這股純粹的能量提升成——咒！

同一時間，位於海底城裡的巨獸化大型機械，突變成了一張簡約設計的面具。

只要凱因斯在任何可以接收衛星信號的地方戴上那一張面具，就可以任意將全世界人類的腦波挪爲己用，隨心所欲將過去施展出來的「幻覺」，咒化成真正的「實際招式」。

凱因斯的想像力如何層出不窮，他能咒化出的攻擊形式就有多豐富。

凱因斯掠奪到的腦波有多強，他能咒化出的攻擊就有多強。

約莫五年前……或是六年前？窮極無聊的凱因斯親自前往收拾惡名昭彰的烏霆殲時，就用了同一招巨靈神掌，將烏霆殲整個打飛。

當時凱因斯沒有乘勝追擊，將重傷的烏霆殲擰碎，而是勉勵烏霆殲幾句就走，因爲在這個福音軍早已征服所有時間區的世界裡，敵人遠比僕人還要珍貴一百萬倍。尤其像烏霆殲這種潛力無限的怪物，更要悉心呵護。

烏霆殲果然不負期待。

現在，烏霆殲不僅捲土重來，還帶著幾個厲害的夥伴攻破不同時間區的時間塔，將Z組織好不容易蒐集起來的、無比珍貴的「平衡時間」給奪走。

眞不愧是凱因斯最値得的投資啊！

轟！

腦波成咒，咒成巨掌。

凱因斯幻咒出來的腦波巨掌持續招架著惡魔之爪，但……

不，不一樣了。

惡魔之爪充沛的能量比之以往更強上數倍！

「同樣一招，你好像變強不少啊？」凱因斯又驚又喜，差點沒有叫出來。

腦波巨掌忽然被惡魔之爪給撕開，裂成好幾道無法整合的強光。

這是當然的了。

這些年烏霆殲不斷潛入不同時間區的深海，尋找以前用來儲存厄命的極海大冰龜，將裡頭的厄命一一吃掉，煉化成自己的力量，在寂靜寒冷的深海底，他找著吃著吞著修煉著，惡魔之爪成了攻破各地福音軍的最強利器。

「眞的很不錯啊！」

凱因斯喜孜孜舉手，在掌間凝聚出當年令他嘖嘖稱奇的「超高密度壓力彈」。

像雞蛋一樣大小的高密度壓力彈彈射出，瞬間膨脹成直徑十公尺的「超高壓力場」，在此範圍內的所有物質皆承受了相當於位於海底的巨幅壓力，壓碎地表。當年在東京大決戰時凱因斯所見到的此招，只是出自某長老的幻殺，現在，這一招已經變成了實際存在的恐怖招式！

恐怖的招式，有恐怖的人應付，烏霆殲直接迎了上去，用惡魔之爪撕裂了直接撲向自己的壓力彈，壓力在烏霆殲周身狂洩，但經常潛入深海的他渾不理會，另一隻手轟出：「大火炎咒！」

火焰強襲，熱風滾滾啊！

「這一招老了，你不該拘泥在舊思維上面。」

凱因斯隨手又扔出幾枚高超壓力彈，就像打彈珠似的姿勢。

兩者相撞，壓力彈迅速將火炎咒的威力壓滅，還有幾枚壓力彈順勢射向白線兒、谷晶晶、谷亮亮與銀荷等人。

習慣在深海獨處的烏霆殲可以勉強以肉身硬碰，但其他人可是萬萬碰不得。

「V大別硬碰，快躲開！」谷晶晶與谷亮亮同時大叫。

白線兒用力甩起毛都快掉光的尾巴，一掃，掃出一連串奔放的閃電，將還沒完全膨脹開來的壓力彈轟破，提前洩掉它的壓力場。

四周爆開，景物被壓力線折騰扭曲。

「雷神咒——」白線兒在半空中翻騰了一個圈：「雷戟！」

白光閃現，雷成長戟，果斷朝凱因斯頭頂射落。

「怎麼威力又弱了些……大長老？」

凱因斯的手指成刀，先天刀氣縱橫，將已大不如以往的雷戟給砍了下來。

白線兒冷笑，尾巴又一揮，這次是一柄雷霆般的大雷劍落下。

凱因斯唰唰兩聲，裝模作樣怪叫：「龍飛躍！」又以手指砍出先天刀氣，硬是將居高而下的大雷劍給擋住。凱因斯的雙腳底下迸裂出淡淡裂痕。

白線兒這一吸引凱因斯的目光，銀荷在壓力彈爆炸中迴身速行，雙瞳綻放白光，左手一揮，一口氣朝凱因斯扔出十顆巨大鐵球。

「凡所見！皆可殺！」

凱因斯嗤之以鼻，完全無視銀荷的幻殺，要知道在「腦世界」的領域，Z組織早已達到巔峰，他臉上的新型面具不但可以將腦意識幻咒成招，還可以在方圓三公尺內築起一道緊緊包住自己的精神之牆，直接屏蔽掉任何試圖想釋放在凱因斯大腦裡的幻覺意識。

任何！任何幻覺都無法侵入他的大腦！

所以凱因斯別說出招抵擋了，他根本看不見銀荷到底朝自己扔了什麼鬼東西！

「落伍了落伍了落伍了落伍了落伍了落伍了落伍了！」凱因斯猛搖頭，強烈的雷氣在他的背後瞬間成形，刺眼的白光化作獵命師世界裡最頂級的咒語。

凱因斯雙手裝模作樣交叉在胸前，斜斜劃開：「這一招不知道叫什麼？」

雷神咒。

閃電成箭，朝銀荷一陣爆射。

「V大小心！」谷晶晶大叫。

「V大快躲！」谷亮亮尖叫。

兩顆巨大的岩塊赫然飛至，即時攔在銀荷前面，可區區岩塊當然無法阻擋威力強大的雷箭，綿密的雷箭貫破岩塊，躲在後面的銀荷立刻被雷電轟到十丈之外。

「被同伴的招式攻擊是什麼滋味啊？」凱因斯大笑。

「可惡！」谷家兩姊妹齊聲怒吼，原地拔起兩塊巨岩又扔。

巨岩在空中刮出隆隆隆隆的悶響，重力加速度，威力根本與飛彈無異。

虛幻的鐵球對凱因斯無效，但這兩大顆岩塊可是貨真價實！

「你們兩姊妹可以活到現在，真的是奇蹟啊。」

凱因斯從容不迫地抬起手，輕輕一掌推出：「應該要好好珍惜我根本不屑投資的生命才是啊。」

這一掌灼熱焦臭，威力卻是無可挑剔的直白豪爽。

鐵砂掌。

無意外岩塊被鐵砂掌剛猛無儔的掌勁粉碎，就如同兩塊砂糖似地。

「大長老不妨也接接看？」

凱因斯懶得進擊谷家兩姊妹，而是對甫落地的白線兒轟了兩掌。

鐵砂掌的熱氣在空中炙出清晰的掌形，一前一後直壓過去。

「雷神咒——雷鱗！」

白線兒運氣一吐，雷電交叉成甲，猶如龍鱗擋在前方。

鐵砂掌重重拍在雷鱗之上，第一掌轟得雷鱗巨震，雷縫裂出，緊接的第二掌就直接將雷鱗給拍垮了。區區兩掌，就破了雷神咒的防禦，可見白線兒的元氣一直沒能從東京大決戰後恢復。

「大長老，你沒辦法使出敦煌太陽鳥那招了嗎？還是……絕招要等最後時刻才發啊？其實現在就差不多到了最後時刻了啊！」

凱因斯再度轟出鐵砂掌，這次更沉更猛。

「大言不慚！」

烏霆殲怒極，一記爆發力十足的火拳從旁炸出，將鐵砂掌從側邊轟散。

還沒完，烏霆殲的身形倏忽來到凱因斯的面前，大嘴張開，吐出高熱火焰。

「這才是雷鱗嘛！」

凱因斯也張開嘴吐出雷電白光，交叉化作雷鱗擋住烏霆殲噴出的火炎。

一千名福音軍，就這麼安安靜靜地觀看領袖獨自一人對抗眾強敵的圍攻。彷彿眼前上演的是一場令人眼花撩亂的「秀」似地，他們完全不擔心領袖的安危，只是負責擔任不讓凱因斯的玩具逃跑的警衛。

凱因斯越打越興奮。

有一種感動在心底翻湧了起來……

第574話

「迷惘」這個名詞，在東京大核爆前，對凱因斯來說眞是陌生又難解。

他從來沒有在夢想的追逐裡迷失過，沒有被世俗的高尚虛名誘惑過，凱因斯很清楚，他的樂趣並非成爲一個救世主——隱隱約約的前世意識裡，凱因斯體驗過成爲救世主的寂寞、孤高，以及無聊，那些悔恨都殘留在他的現世靈魂裡……絕對不想再來一次！

是的，「重新計時」的凱因斯千方百計地，就想成爲將這個世界踢入混亂的大魔王。他做到了，做得很好。歷史上沒有人比他把大魔王這個角色幹得更出色。

凱因斯先是隱藏自己的勃勃野心加入Z組織，以超快的速度在Z組織裡崛起，在年輕時期就取得了操縱權力的密術，一一清算了太有正義感與使命感的夥伴，最後控制了Z組織的領袖莫道夫，讓莫道夫成爲他的傀儡，他躲在幕後專心將這場毀滅世界的遊戲做得更好更精緻。

他利用Z組織爲了維繫世紀和平累世努力的科技成果，與逼近無窮盡的資源，打造了屬於他邪惡夢想的藍圖。他甚至發明出天馬行空的「第三種人類」，在吸血鬼的威脅陰影下推動人類的集體突變——這眞是邪惡的最高藝術！

不過意外中還有意外。

意外地，第三種人類實在是出乎意料的太完美，除了灰色在審美觀上見仁見智外，第三種人類的體質堪稱完美，在各種嚴苛環境中都有極強的適應力，免疫系統也無可挑剔……

「我的天！沒有笑點，這一切算什麼呢！」凱因斯一度崩潰。

他死求活求第三種人類之父杜克博士接手後續研究，務必將一些可笑的缺陷置入第三種人類的基因裡，讓第三種人類的基因裡充滿一些小小的「趣點」，並讓這些趣點淹沒了第一世代人類的模樣。

凱因斯策劃著一場又一場的陰謀詭計，製造矛盾，強化對立，尖銳衝突，最後引爆地球史上最駭人的核子戰爭。

他必須承認，就在一千枚核彈飛向東京的那一刻，他還眞意料不到人類文明沒有因此毀滅。奇異的微黑洞不僅打破空間的法則，也讓不同地區的時間現象出現大異常。慈悲的地球，終究允許了可悲的人類在她的地盤上苟延殘喘。

身為一個大魔王，凱因斯有責任把這個世界弄得更慘，對此他不遺餘力，讓原本以為「再慘也不過如此」的人們一次又一次承認自己對「慘」的想像力實在太貧瘠了。

但身為一個大魔王，凱因斯也有責任接受英雄的挑戰。他很努力地在時間毀滅的新世界裡尋找正義的種子，他渴望被挑戰，渴望心中出現真正的危機感，但不管是人類還是吸血鬼，殘餘勢力都好薄弱，通常只須要出動福音軍稍微打一下下，無城不破，無國不滅。

幸好有烏霆殲。

他是真正的硬漢。

在東京大核爆後烏霆殲與白線兒離奇地活了下去，他們兩搭檔成為各大時間區殘餘勢力的傳說，次次侵入福音軍的地盤奪取珍貴的時間資源，成為令福音軍聞風喪膽的狠角色。

凱因斯期待英雄很久了。

於是他放任幾大時間區的時間塔被烏霆殲攻下，讓烏霆殲拿走他最想得到的東西——足以扭轉世界命運的終極「時間量」。

這僅僅只是一個出自杜克博士的奇想理論。

時間恆定假說。

杜克博士認爲，雖然當年地球遭受瞬間爆發的高能量衝擊，迫使時間在不同的空間上呈現混亂的不穩定狀態，但時間作爲一個恆定的等值，是不可能遭到本質上的破壞，時間只是被過度扭曲與錯置了。只要給予重新導正的能量衝擊，重新分配時間，時間將結束複雜的分裂與跳躍狀態，繼續穩定流動。

因此假說爲起點，杜克博士以Z組織的命格研究爲基礎創造了時間塔。

時間塔的作用，在於以特殊頻率的核脈衝捕捉微弱的時間信號，再將時間信號命格化，當不穩定的時間信號變成穩定命格的形式後，就更方便將時間囚禁起來了。囚禁足夠量的時間後，給予強大的能量刺激，比如等同於當年東京核爆的威力，就可以將時間重新配置到各地，將一切的混亂歸零。

爲了捕捉虛無飄渺的時間信號，每一個時間區裡都有上萬座微型時間塔，每一座微型時間塔定期都會將捕捉到的時間信號傳送到巨型主時間塔裡，命格化的「科技咒工程」便在巨型主時間塔裡進行。

烏霆殲認爲，不管杜克博士的奇想是眞是假，只要杜克博士眞有辦法……不管是他搞不懂的核脈衝還是什麼稀奇古怪的科技辦法都好！只要他真能囚禁時間，那麼，這些時間就不該拿去平衡現在的混亂世界，而是……

第575話

「臭貓，我問你，穿越時間是否可能？」

第五時間區邊境管制區，早已失去動力的各式各樣戰鬥機橫七豎八地躺擺著。這裡是人類軍武的庫藏之一，堆滿了許多當年來不及飛進東京送死的戰鬥機，在此時的世界裡，也少有人有能力駕馭它們跟福音軍對抗。

盡是廢鐵。

烏霆殲躺在冰冷的一只機翼上，凝望著不屬於這片大地的詭異星空。

白線兒端坐在香氣四溢的營火旁，爲剛剛成爲晚餐的突變三翼虎默禱。

「或許可以吧。」白線兒幽幽地說：「但就因爲或許可以，所以穿越者在改變過歷史之後，沒有人會知道自己正在經歷的歷史其實是被改變過的模樣，於是穿越時間型的命格是否實際存在，一直是未定之數，只能說……這世上若有這種異類命格的話，一點也不奇怪就是了。」

「哼。如果我拿到足夠多的時間，你有沒有辦法把我送到過去？」

「送到過去？比如……」

「我要回到大核爆前的東京。」

白線兒點點頭。

不需要問，也知道烏霆殲想回到大核爆前的東京，跟解救東京一點也沒干係。

「如果眞有那麼多的時間能量，還得配合傳說中的扭轉時間型的命格才能裝載那些能量啊，但那種命格根本無從找起，或許還眞是不存在吧。」白線兒直話直說。

「如果有煉命師將那種命格無中生有呢？」

「那我們還是得找到煉命師才行。」白線兒嘆了一口氣：「而且，也得是一個有天縱英才的絕頂煉命師，才能打造出符合我們需求的特殊命格。只可惜，我認識的幾個煉命師在核爆後都找不著了，多半是死光光了吧，要不，就是被微黑洞送進不同時代的次元了。」

「有一個懂得煉命的吸血鬼或許還沒死，也沒被核爆吹走。」烏霆殲思忖著一個可能性：「據我所知，東京大核爆前他已自我封印在一個時間感很古怪的特殊結界，如果我們躲進異度空間都能活下來，他在那個結界裡也能活下去實在不奇怪。我這隻怪手，就是他用厄命打造出來的武器。」

「唔！」白線兒點點頭：「……一個懂得煉命的吸血鬼？」

牠見識過烏霆殲的惡魔之爪，這眞是相當聰明又厲害的武器，如果那一個吸血鬼可以將足以毀滅烏霆殲一千次心智的厄命煉造成武器，而這武器居然還可以不斷吸取烏霆殲吞噬的更多厄命來強壯自己的話，那頭才華洋溢的吸血鬼，其名字一定叫……

「那頭自以爲是的吸血鬼，一定叫J吧？」

九把刀的秘警速成班（11）

灰獸，並不是單指一種型態的新物種，是Z組織採用第三種人類的基因混合猛獸新製成的所有混種生物的總稱。

灰獸的起源，靈感來自於血族強韌的基因延展性，血族偶爾會將猛獸的基因混合進同類的體質裡，因而誕生怪異的新強種，Z組織認為甚有參考價值，於是更加積極實驗，變本加厲。

灰獸的形態，端視合成前猛獸的類屬，比如獅子與熊，在分別混合入第三種人類的基因後，重新創生出來的灰獸型態也不一樣。

第576話

無意義的時間流逝，流逝，流逝。

烏霆殲以及他的「夥伴們」，經歷了無數次以戰爭爲規模的戰鬥，好不容易慢慢將各大時間區的時間塔逐一攻破，將咒化而成的時間型命格通通放進白線兒的身體裡，儲存起來。

而在特殊結界「打鐵場」裡破繭而出的J老頭，也終於在無數次失敗中找到珍貴的煉命之道，客製化出了「理論上」可以載馭宿主飛躍至過去時代的命格——他將其取名叫「重逢的火焰」。

「重逢的火焰」也一併被放進白線兒孱弱的身軀裡，究竟J老頭的終極手藝能否產生預期中的作用，答案，只有等待所有時間能量都蒐集完畢後啓動，才能得到印證。

現在，除了眼前的第七時間區外，所有時間塔都成了空蕩蕩的廢墟。

只要打敗這一個眾所皆知的大魔頭，就能搶到最後的時間拼圖！

「火炎咒——大火流！」

烏霆殲掌上吹動的火焰，像張牙舞爪的炎龍，捲向凱因斯。

「除了你們同伴的招式外，我有時候也會想，說不定……中國武俠小說裡的降龍十八掌，大概就是這麼打的……」凱因斯興奮大叫：「見龍在田！」

想像成咒，咒成絕招！

一招從武俠小說裡迸發出來的見龍在田，試圖將火炎咒的大火流攔了下來，卻瞬間抵擋不能，掌氣整個被火風吹散。

「火炎咒太強啦——亢龍有悔！」凱因斯左手成勾，右手斜斜一引：「戰龍於野！」雙掌齊下，這才勉強將烤焦大地的大火流給擋了下來。

烏霆殲當然沒有停手，他絕對不會停手，火炎咒的招式源源不絕，偶爾還轟出惡魔之爪凝碎凱因斯的攻擊。

面對這麼棘手的挑戰，凱因斯當然是又感激又開心地接下，將他想像中的降龍十八掌一一使全。

「飛龍在天！」「突如其來！」「利涉大川！」「震驚百里！」「或躍在淵！」「笑言啞啞！」「時乘六龍！」「損則有孚！」「戰龍於野！」「履霜冰至！」「見龍在田！」「雙龍取水！」「亢龍有悔！」「鴻漸於陸！」「密雲不雨！」「潛龍勿用！」「羝羊觸藩！」

「神龍擺尾！」

當降龍十八掌從武俠幻想飛躍而出時，其正義凜然的架勢與傳說中至剛至陽的威力，都被凱因斯賦予了強大的能量基礎，與霸絕天下的火炎掌鬥得旗鼓相當。

「烏霆殲！你真的很夠資格擔任英雄的角色啊！」

滿身大汗的凱因斯忍不住讚許，擊出四掌合一的創新招式：「現在的你，已經進步到連我的想像力都快跟不上的程度啦！」

「你錯了。」

烏霆殲一腳痛快將變形的降龍十八掌踢開，反足一勾，撩起強熱的火柱。

凱因斯趕緊躲開，使勁反拍一掌見龍在田以攻代守。

「現在的我，根本不到那時的萬分之一！」

烏霆殲張嘴一吼，悔恨的火柱噴散了幾乎打在臉上的見龍在田。

是啊。

根本就不到那時候的，萬分之一。

「哥，你來啦！」

「難道靠你這小子？你行嗎？」

「喵！」

「紳士，你變胖了，旁邊那隻母貓又是怎麼回事？」

「……喵喵喵！」

「哈哈哈哈哈……哈哈哈哈哈……」

「笑什麼？眼睛看著敵人！」

「是！」

「還記得我們聯手的三大法則？」

「記得。第一，要活下來，不然你會殺死我。第二，不是盡力，是一定要做到。第三，任何有智慧的東西都可能錯判，狼會，人會，沒有人不會犯錯。」

「很好。」

「哥哥……」

「嗯？」

「現在的我，好像什麼都不怕了！」

降龍十八掌從四面八方轟向烏霆殲，凱因斯大叫：「不可以發呆啊英雄！」

「火炎咒——炎龍！」烏霆殲從悲傷的往事裡回過神來，將炎龍捲上惡魔之爪，令惡魔之爪的威力瞬間倍增，一把抓向凱因斯。

降龍十八掌掌陣哪扛得住捲上炎龍的惡魔之爪？凱因斯對降龍十八掌的想像力的極限最終還是給轟垮，囂張的狂燄還將他重重困住。

「眞強！不過我可是絕不放水的喔！」

凱因斯使勁一掌拍出，灼熱的鐵砂掌硬拚捲上炎龍的惡魔之爪。
不，這並非單純的鐵砂掌。
而是帶著雷神咒能量的……遠超陳木生畢生造詣的變形鐵砂掌。
大氣劇震，兩大招式首次對決，第一招先轟了個旗鼓相當！
「這可是你剛剛給我的靈感啊！充滿感激的閃電鐵砂掌！」凱因斯大叫。
「別以為隨便拼湊的招式多了不起。」烏霆殲冷冷衝上，再度捲起滔天火焰。

這是一場先天不公平的打鬥。
凱因斯有全人類的腦波當靠山，烏霆殲的咒術、命力與體力卻始終有限，但烏霆殲奮力獨自將凱因斯困在火炎陣裡一挑一，就是為了讓白線兒全神灌注在「最強一招」的醞釀上。
那一招或許沒有以前威力強大，但絕招就是絕招，最強就是最強，如果火炎咒加惡魔之爪無法擊敗凱因斯天花亂墜的想像力的話，就只能仰賴白線兒使出獵命師史上最霸氣的一招，瞬間結束凱因斯的邪惡思想。
白線兒了無生氣地縮在地上，就像一隻病懨懨的尋常老貓。

想來白線兒所有的生命精華都往裡，緊密壓縮到了「那一招」之中。

「我們也來幫忙！」

谷晶晶大叫，舉起一大塊航空母艦的殘骸扔出。

「別小看人了！」

谷亮亮使勁甩出另一大塊航母殘骸：「大！壞！蛋！」

正享受與烏霆殲一對一的凱因斯，有些不耐煩地揮了兩掌過去，看都不看就將航母殘骸直接劈成碎片。

兩姊妹毫不氣餒，用怪力咒將更多更大塊的航母殘骸給扔出，偶爾還順手抓起幾隻死掉的灰獸當作砲彈打，務求擾亂凱因斯的攻防節奏。

忽然，一道黑色身影快速絕倫地射進大亂鬥之中，在熊熊火焰、漫天航母殘骸、飛來飛去的灰獸屍體裡衝向凱因斯，一拳揍向這位最後大魔王的肚子。

凱因斯大痛，腦波瞬間形成的雷電防護罩將奇襲者彈開。

呼咚。

奇襲者在空中摔了兩個翻，重重跌落。

「把我當作只會幻術的貴族嗎？」

奇襲者當然是銀荷。

她吐出一口鮮血，得意冷笑：「這一拳就是代價。」

這一拳的確是個代價——還包括送走了大魔王的耐性。

凱因斯忽然不耐煩大叫：「我說大長老！你到底要聚氣多久啊！」

最後的大魔王雙拳緊握，想像力化作狂猛刀氣，往四面八方激射出去。

「武藏流——群龍亂舞！」

一眨眼都不到，毫無防備的谷晶晶與谷亮亮已被刀氣穿透。

銀荷飛身撲向白線兒，以肉身擋住暴射過來的刀氣，登時血肉模糊。

谷亮亮跪倒，全身都是刀孔，尤其喉嚨上的那一個洞已讓她無法聒噪。

谷晶晶想扶起她的好妹妹，但才踏出一步，自己就跌進腳下的血泊。

「老貓啊……只好全看你的了……」

以身護貓的銀荷，意識模糊看著蜷縮在地上的白線兒，她緩緩將頭別過，不讓血族鮮濃的血液滴落在宿敵獵命師的王者身上，以免玷污了獵命師王者的尊嚴。

這些年來，自己竟然跟這群宿敵並肩作戰到這裡，實在是奇蹟。

銀荷想痛痛快快地笑，但她寧願把最後的力氣放在撐大眼珠子上。

無論結果是什麼，她都要看到最後。看到最後這個世界會落入什麼結局。

她應得的。

她們，都應得的。

「混帳啊！」烏霆殲揉身一躍，擰起惡魔之爪揍落。

「我也很無奈！」凱因斯傾力出掌，完美招架。

白線兒睜開眼。

激光四射。

「太古召祕……」

這隻老貓的身影虛幻膨脹，膨脹開異度空間，三千年道行化作一道耀眼的灼熱強光，強光直射入天際，在雲端張開九對象徵了絕對生命，以及絕對死亡的翅膀。

「敦煌，太陽鳥！」

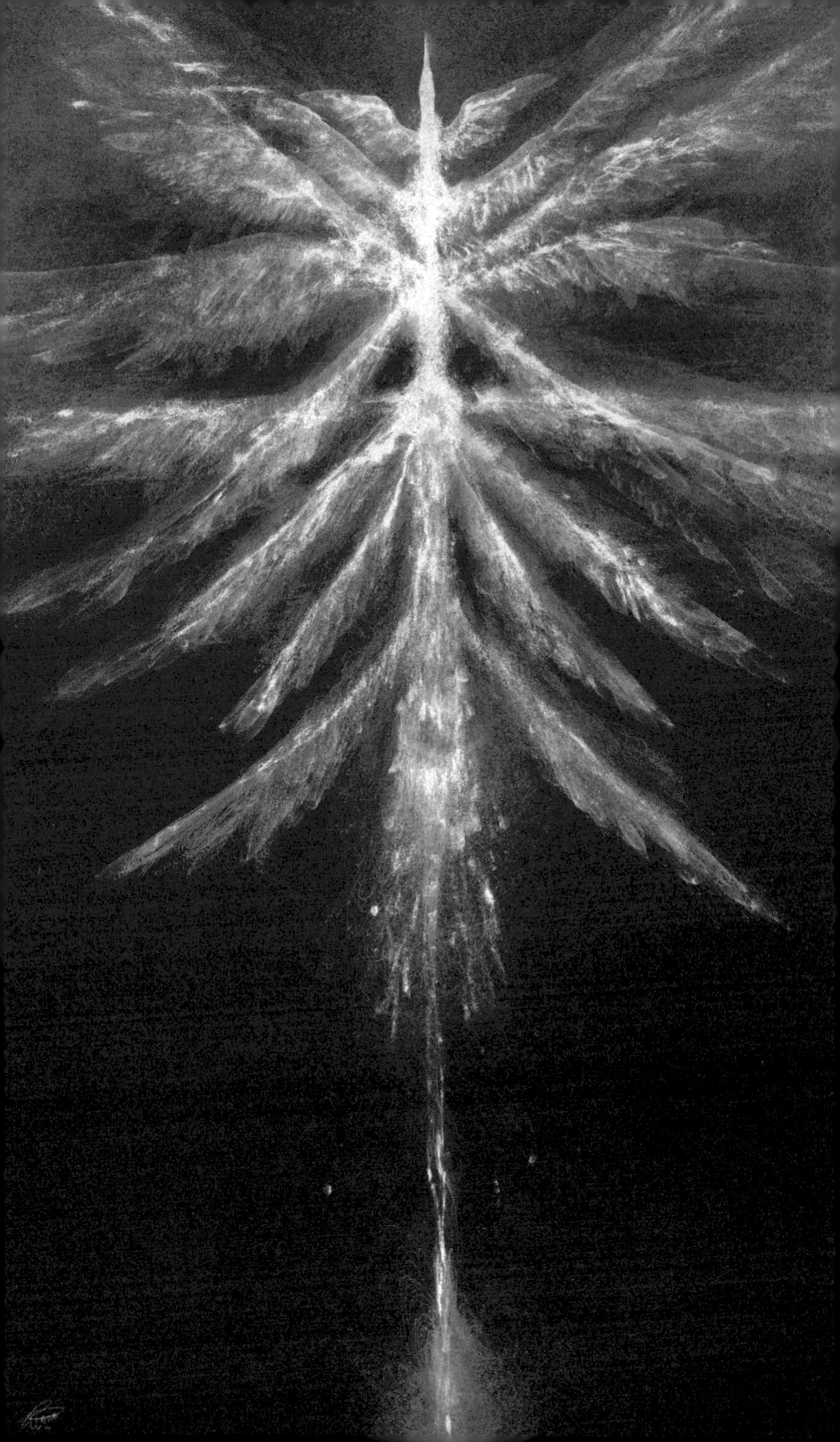

如果這個世界上，真還有正義。

那麼，這隻無法逼視的火焰之鳥，一定就是正義的化身。

如果正義依然充滿力量。

那麼，這隻生氣蓬勃的火焰之鳥，一定帶來了正義的怒吼！

幻化成敦煌太陽鳥的白線兒，揮舞著飽滿熱燄的翅膀。

火翅一拍，流燄四射。

一千名只是旁觀的福音軍，登時化成一陣灰濛濛的血霧。

「凡所見，皆可殺——永凍之繭！」

凱因斯無意外施展出偷取自神道海菊的玄冰之術，將自己緊緊冰凍起來。

但這一層厚實的寒繭根本抵禦不了敦煌太陽鳥的萬丈之光，才一結凍，就給融毀，又一結凍，又給融毀。寒繭冰了一層又一層，也就融了一層又一層，全神貫注在玄冰之術的凱因斯甚至給逼出兩槓鼻血。

敦煌太陽鳥宛若烈日再生，彷彿擁有造物主的無限威能。

在這絕對的力量面前，根本就不存在著與之相抗的微弱可能性。

在這個世界上，不論是漆黑的過去，不管是無解的未來，都不可能有一個術！不可能有一個招！不可能有一個人！可以勝得了這至高無上的敦煌太陽鳥！

「我一直都——很相信大長老啊！」

凱因斯舉起雙臂大叫：「這個世界上根本不可能有一招勝得過你這隻鳥！」

終於窮途末路了嗎？

這個戲耍全世界的最後大魔王，終於一籌莫展了嗎？

凱因斯想像出來的寒繭幾乎只剩下薄薄的一層寒氣保護著他。

「能贏！」銀荷興奮不已，她堅持等到看見凱因斯絕望的眼神才能死。

「姊姊……」谷亮亮伸出手，流著眼淚。

「値得的。」谷晶晶輕輕握住妹妹遞過來的小手。

凱因斯臉上的面具發出劇震。

高高掛在雲端之上又之上的Z組織軍事衛星，也爲之一震。

努力裹住凱因斯、保護邪惡之心的寒繭，終於徹底瓦解，煙消雲散。

「那就一樣吧——

敦煌太陽鳥！」

第577話

凱因斯噗哧笑了出來。

一道不可逼視的超級強光，如預期從他的面具頂射了出來。

強光繞射成形，呼嘯出九對集全人類想像力之大成的火焰翅膀。

一隻敦煌太陽鳥。

一隻身形更大、姿態更美、能量更飽滿、光輝更燦爛的——敦煌太陽鳥！

凱因斯想像出的敦煌太陽鳥飛衝向白線兒幻化成的敦煌太陽鳥，兩股巨大無比的能量碰撞在一起，並沒有發出驚天動地的震動與爆炸，而是瞬間歸於平靜的寂然虛無。

無聲，無息，大氣裡只剩螢火蟲般的點點光芒。

全身虛脫的白線兒墜落在地。

烏霆殲茫然地看著得意洋洋的凱因斯，一眼，都沒有留給他的老夥伴。

銀荷來不及閉上眼睛。她一動也不動的白色瞳孔充滿了悔恨。

谷晶晶與谷亮亮默默淌著眼淚，好捨不得看烏霆殲如此了無希望的模樣。

谷晶晶感覺到谷亮亮的手變得很冰冷，這才放心地闔上眼，鬆懈了靈魂。

未來的戰士們，安息了。

至少他們要去的世界裡，不須面對這樣的惡魔。

「剛剛那招一使，肯定有幾百萬人忽然用腦過度昏死過去！真的是非常了不起的招式，我敢打包票——敦煌太陽鳥，絕對是舉世無雙！」

從凱因斯那副喜不自勝的表情看來，他能用想像力召喚出敦煌太陽鳥早在他意料之內，說不定，凱因斯早就沙盤推演過好幾次了，就等著白線兒自以爲是的最後一擊。

烏霆殲站在原地，完全無法動彈。

他並非畏懼死亡。

而是徹底的心死。

凱因斯能夠召喚一次敦煌太陽鳥，也能召喚第二次。第三次。第四次。

他的確有資格讓這個世界變成今天的怪模樣。

不僅遊戲規則，就連遊戲機本身都是身爲最後關卡的大魔王，爲這一場註定徒勞無功的正義遊戲所打造。打從一開始就沒有擊敗他的可能。

烏霆殲，默默地擺開姿勢。

重心擺低，左拳夾緊臉前，右腳稍微往後一步。

惡魔之爪舉重若輕地架在右耳之後。

這個姿勢，只有一個意義。

「得了吧烏霆殲，你的身上沒有居爾一拳，要怎麼與我同歸於盡？」

凱因斯嫌惡地揮揮手：「光靠覺悟是沒有用的，這種程度不是我要的對決。」

烏霆殲左腳用力一踏步，身體擺低略往左翼擺動，惡魔之爪握拳揮出。

凱因斯隨意點點頭，便幻想出閃電鐵砂掌用力握住這一拳。

此拳失敗，烏霆殲重新擺開架式。

「不要隨便失去理智，先聽我說。」凱因斯慢慢走著，不疾不徐地說：「你放心，遊戲還沒結束，我打算讓你繼續投幣，再接關一次！」

烏霆殲瞪著凱因斯的影子，重心擺低，左拳夾緊臉前，右腳稍微往後一步。

惡魔之爪舉重若輕地架在右耳之後。

烏霆殲左腳用力一踏步，身體擺低略往左翼擺動，惡魔之爪握拳揮出。

「還來？」

凱因斯皺眉，又是閃電鐵砂掌用力接住這奮力一擊：「這樣不太可愛喔。」

烏霆殲緩慢移動身體，對著凱因斯重新擺開架式。

「怕了你了，我直接切入重點。你有沒有想過，我爲什麼要打造時間塔？」凱因斯的臉上又浮現專屬於大魔王的笑容：「說眞的，這個世界越混亂就越有趣，到處都有連我也搞不懂的怪笑點，這才符合大魔王創造出來的世界觀啊！」

凱因斯邊走邊說。

烏霆殲瞪著凱因斯慢慢移動的影子，重心擺低，左拳夾緊臉前，右腳稍微往後一步。調整呼吸，惡魔之爪舉重若輕地架在右耳之後。

「唉。」凱因斯翻白眼。

烏霆殲左腳用力一踏步，身體擺低略往左翼擺動，惡魔之爪握拳揮出。

凱因斯依舊用閃電鐵砂掌隨心所欲地接住這一拳：「難道我會突然睡著嗎？」

現在正是享受說教的美妙時刻，大魔王滔滔不絕地說著：「既然時間混亂是個很棒的設定，那我爲什麼要在每一個不同的時間區建造時間塔，辛辛苦苦蒐集時間訊號？我根本就不打算重新平衡時間啊！」

烏霆殲瞪著凱因斯慢慢移動的影子，重心擺低，左拳夾緊臉前，右腳稍微往後一步。調整呼吸，惡魔之爪舉重若輕地架在右耳之後。

「我是爲了讓你重新再破關一次，才大費周章幫你把時間準備好啊笨蛋！」

終於說到重點了，凱因斯噗哧笑了出來。

烏霆殲的瞳孔急縮。

這一拳，就這麼凝滯不發，他的表情充滿了震驚與不解。

「其實呢，我的基本立場跟你是完全一致的！我呢，我也玩膩了這個版本的世界末日，是是是……剛開始我還覺得很新鮮，時間都亂掉了耶超好笑！但馬上我就知道我一不小心創造出來的世界觀雖然很有趣，可是有一個大缺點，那就是……當初那一場東京大核爆搞死了太多人，留下來的英雄角色太少！」

倒在地上的白線兒呆呆地聽著。

「英雄角色太少，變成我要應付的挑戰就很單調，我一直覺得非常可惜。比如說源義經好了，我在衛星上看過他帶兵如神，在東京打得灰色十字架差點全軍覆沒，我當然也想跟他會一會，可堂、堂、戰、神、源、義、經！當時就忽然被核爆蒸發了，我怎麼接受他的挑戰？沒辦法，我只有緬懷他的份。」

烏霆殲難以置信。

「這對我一點也不公平！身為一個大魔王，我給了你跟大長老努力不懈的目標，讓你們隨時都充滿了幹勁。但你們呢？你們努力過了什麼？我除了等你們來打我，我還眞是很無聊，有時候閒得發慌只好去滅幾個無關緊要的小國家打發時間，他們眞是冤了，我眞的不是那麼在乎那幾個奇怪的小國家，也不在乎他們想不想升級成第三種人類，我只希望在我打爛他們之前，他們的戰鬥方式可以讓我開開眼界！唉……哪知道他們這麼禁不起打，我連暖身都沒做夠呢！」

凱因斯越說越氣，好不容易才緩和下來。

「不過我還是要謝謝你們，我給了你們時間變強，你們也眞的變得很有看頭，如果我想像不出敦煌太陽鳥這一招回敬你們，最後這一關肯定是輸死了我。但……唉，你們這次輸了就不可能東山再起，我放你們走，讓你們重練，也只是浪費彼此時間。」

凱因斯誠懇地道謝與解說，慢慢走到谷家兩姊妹的屍體身旁，惡作劇踢了踢。

「反正！爲了修正我這個錯誤，我決定痛改前非，我處心積慮逼杜克博士設計時間塔，幫助你們蒐集時間訊號，再花一點心思順便幫你們將那些時間通通命格化，方便大長老攜帶嘛哈哈！無論如何就是爲了資助你回到大核爆前的東京，讓你有充分時間拯救你的弟弟！」

烏霆殲瞪著凱因斯。

那種眼神，恐怕就連烏霆殲都難以分辨其中意思。

「是的，你高興，我也很高興啊！」凱因斯嘉許地說：「但你必須答應我，如果回到當時的東京，除了你那寶貝弟弟外，其他當時在東京活蹦亂跳的所有狠角色，你都得一口氣拯救，幫下一次重生的我大大增加困擾，別讓身爲大魔王的我又覺得無聊啦！」

這就是，這幾十年來自己豁出性命，所致力對抗的一切眞相嗎？

烏霆殲想仰天長嘯，卻完全無法發出聲音。

凱因斯蹲下，撫摸奄奄一息的白線兒，憐惜地說：「等一下我會把最後的時間型命格放進大長老體內，然後再免費送你們一個好東西，嗯，到時候一定用得著。」

「……」

「還有，雖然我們都相信J老頭幫你們量身訂做的穿越型命格眞的有用，但，如果眞能穿越成功，以你們現在的身體狀況，恐怕穿越回去的只是兩具屍體吧？所以你們要在這個基地好好養傷，等到身體完全恢復了，我再開外掛製造一個完美的時空能量場，送你們一程。」

凱因斯脫下面具，將面具扔在雪地上。

沒有了那一張足以劫掠全人類腦波的面具，凱因斯就連以正拳擊碎木片都辦不到，如果烏霆殲想動手，只要往前一抓，就能輕而易舉擰碎凱因斯的首級。

卻見凱因斯彎身抱起身受重傷的白線兒，起身，走向烏霆殲。

凱因斯，世界史上最大魔王，向烏霆殲，世界最後一個英雄……

伸出溫暖的友誼之手。

「讓我們一起創造，完全不一樣的世界末日吧！」

邪惡的遊戲，重開機。

九把刀的秘警速成班（12）

灰獸又分為兩種。

第一階段的灰獸，是將第三種人類的基因移植到各式各樣的猛獸身上，此類灰獸充滿野性與爆發力，具有失控的危險，但攻擊力特強。

第二階段的灰獸，是將猛獸的基因移植到第三種人類的身上，此類灰獸擁有基本的理性與智慧，但攻擊力受限於人類型態而較弱。

Z組織一直嘗試將灰獸與第三種人類的基因混過來混過去，看看會造出什麼樣的新品種魔獸。此種實驗的研究價值一直是個謎。

〈續，東京滅亡！血族大敗退〉之章

第578話

在這個被戰火嚴重打殘的城市裡，一座搖搖欲墜的高樓大廈上。
一個人影正屈膝坐伏在十幾具屍體上，眼神警戒。
阿不思。
沒能死成的阿不思。
這位遍體鱗傷的血族英雌，身上布滿了乾涸的血漬，焦黑的石屑砂礫卡在兀自冒煙的傷口縫裡，她一輕呼吸，砂礫便會微微震動，漸漸滑出恐怖的傷口。
阿不思的手上抓著被撕成兩半的屍體，大口大口啜飲著汩汩鮮血，她腳邊堆了更多乾癟的殘屍，有的穿著人類聯軍的陸戰隊隊服，有的穿著日本自衛隊的軍服，有的是一般平民老百姓打扮。在阿不思的眼中，能幫助自己活下去的人類，就是有卓越貢獻的好人類。
不管阿不思再怎麼厲害，躲過巡弋飛彈的轟炸與隨之而來的致命超高溫，還是太誇張了。

……她當然是給救出去的。

在血族陣營中，能夠在十枚巡弋飛彈密集轟擊下，即時救出阿不思的人，恐怕只有奇蹟的忍者——服部半藏才能做到。

但服部半藏此刻說不定還在大海上漂啊漂的，他能活下去本身就是一個奇蹟，恐怕無法再帶給他的好朋友阿不思多餘的奇蹟。

是以，創造奇蹟的此人並非血族。

「無論如何，妳得查出令這個城市陷入滅絕的眞相。」

站在阿不思旁邊說話的，是一個穿著全套黑色燕尾服，擁有一張絕無可能辨識、也無法被任何人記憶的萬相臉。

這一張臉擁有超乎人間常理的力量，在這座城市裡搭救過無數微不足道的性命。而這些被拯救的小小性命，後來都成爲了維繫這個城市命脈的力量，支撐著這座城市的未來……儘管這座城市，好像正在失去它的未來。

這張臉的主人，正是城市管理人。

「來不及查明眞相了。眞相是什麼，我也不在意。」

阿不思淡淡地說：「人類跟我們，早已進入決一死戰的程度。最後誰活下來，誰就是眞相。」

透過生命精華的血紅滋潤，她的力量正快速回復，這就是吸血鬼可怕之處。不，或許只有阿不思這種在生死徘徊過無數次的吸血鬼，才擁有這麼驚人的回復力。

「隨著這個城市的命運衰頹，我的力量所剩不多。」

城市管理人嘆氣：「或許滅亡也是這個城市的最終宿命，無法改變。但我的力量，不允許我在任何時候放棄，我會守護這座城市，直到最後一道生息消失。」

陡然，大氣劇震。

這是……

阿不思全身戰慄不已，連眉毛都豎了起來。

她抬頭看向天際，超卓的血族視力穿透了雲層，看見了巨大的危險。

末日的景象彷彿刻在她的瞳孔裡。

城市管理人的身形一下子變得模糊，一下子分裂成疊合不均的殘影，一下子又回復成清晰的人樣，好像是被化學藥劑沖壞掉的電影膠卷。

「看來，我們的敵人似乎根本不在這座城市裡，否則不會是這樣的招式。」

城市管理人苦澀地看著天空。

「這是幻覺。」阿不思冷靜下來。

城市管理人當然知道遠在雲端之上的威脅，並非實體，而是幻覺。

但。

「即使所有的建築都被保留下來，一個沒有呼吸的鬼域，還能算是城市嗎？」

城市管理人閉上眼睛，不斷模糊復又清晰的身影登時鮮豔濃烈起來。

從四面八方吹拂而來的生命靈氣，一絲一縷來到這身黑色燕尾服上，短短一瞬，便匯聚了難以想像如大海般波瀾壯闊的奇妙能源。

對敏感的阿不思來說，最讓她感到訝異的是，這股奇妙的雄偉能源就在自己身邊一臂之近，卻完全沒有任何壓迫感，反讓她有種安心的平靜感。

對擁有最頂級的力量、卻無法直接與任何人戰鬥的城市管理人來說，保護這座城市免於毀滅性的威脅，已落在他命定職責的範圍裡。

這樣，很好。

他正布下空前強大的結界。

「讓他們見識，這座城市的魂魄吧！」

第579話

異象。

呲呲呲……啪……呲呲……啪……

方圓一公里內的碎石與細小破片，全都帶著藍白色的電氣，懸浮在半空中。

造成此一異象的，是一場架。

說幹就幹說打就打的兵五常從沒想過，看別人打架，竟比自己打架還要驚心動魄一百倍。

兵五常沒想過，連身經百戰的東京五豺也沒想過。

令他們看得血脈賁張、幾乎忘了呼吸的這場架，來自獵命師第一強者，對上血族第一勇士，兩大陣營的第一種子選手賽。

刀氣縱橫，雷電交加。

早已脫離名稱範疇的招式，每一起落，都足以決定勝敗。

「接！」

除了對上大長老時不得不使出渾身解數的聶老，此時終於用上了百分之百的實力，這可是對自己偶像的最高敬意。

「破！」

宮本武藏萬萬沒想到，已經強到鬼神皆驚的自己，竟得以再次於實戰中變得更強……強！還要更強！如果無法在下一招中斬出更強的一刀，就一定會敗死！

雷光成劍，籠罩住宮本武藏。

宮本武藏在雷劍的強大能量中逆向飛馳，手中雙刀硬是將雷電劈開。

「再！」

聶老殘影成十，雷劍十劈十落。

「來！」

宮本武藏毫不防禦，一刀砍十。

又一轉眼，無法計算次數的巨大爆炸在兩者間翻騰出來。

到底過了多久？

老實說，這種不分上下的互砍歷時之久，超強的聶老還眞的沒有想過。

「中！」

「離！」

聶老知道自己有多強。

聶老也知道宮本武藏的高昂鬥志多多少少可以彌補兩人之間的差距。

但。

捨棄命格的幸運加持，因而能施展出百分之百實力的聶老，本以爲自己可以在一百招之後以壓倒性的實力幹掉自己的偶像，偏偏，宮本武藏總能絕處逢生，在幾乎敗死之際揮出更加霸道的一刀，將劣勢扳了回來。

刀氣翻疊，強雄近逼。

宮本武藏斜斜一刀拖引，將聶老的左手無名指與小指一齊削落。

聶老反手疾抓，雷光引爆，宮本武藏的右耳瞬間消失在這個世界上。

「好！」

「很好！」

明明自己比較強，卻無法撂倒比較弱的對方。

因爲所謂比較弱的對方，一直都在不斷變強。

眞不愧是我的偶像啊……聶老的鬥志更加高亢，手上的雷劍也越來越強大，彷彿自己也被逼得變強，開始超越了活在上一秒裡的自己。

刀氣毫不留情地斬開了聶老的身軀。

雷電轟爛了宮本武藏的筋脈。

兩人身上無不冒著焦煙與血霧，這種傷勢加在其他人身上，恐怕會立即氣絕。

但他們可捨不得死。

棋逢敵手，人生難得，多一招是一招。

若要倒，也是……

「你先倒！」

宮本武藏長嘯，人刀合一，化作一個無法命名的招式，飛馳向聶老。

終於到了肉體與精神的極限。

聶老無聲揮引，令無數道積聚在天際的雷劍奔騰雨下，綿綿密密地落在宮本武藏的身上，劍劍命中，貫入這個刀客的頑強身軀，在他的腳下炸翻地面。

忍住！

宮本武藏嘴裡咬著一道將牙齒都給凍白了的閃電，瞳孔閃爍著吱吱作響的電流，渾身浸浴在無法防禦的雷雨裡，朝忽遠忽近的聶老衝刺！

衝刺，衝刺！

這一刀，充滿了霸道的覺悟。

——沒有再下一刀的覺悟。

勝負來了？

聶老接下了宮本武藏這份覺悟，任憑這一刀穿透了他的胸膛。

宮本武藏這一刀刺穿的，並非由雷氣聚匯的殘影，而是聶老的真身，那刀氣甚至從聶老的背脊破開，飛射出去，在兵五常的臉頰上劃出一道淡淡的割痕，然後刺穿兩公里後的大樓。

在這種致命的距離，聶老看著自己的偶像，心滿意足地欣賞這一刀的風采。

他的自信與技術，遠遠不需要命格的輔助。原本可以用超高速殘影閃開這一刀的聶老，爲了品嚐偶像的最後一擊，忍不住親身迎接了它。

聶老的雷速終究勝過了宮本武藏的刀芒。

他毫釐偏移了身形，將心臟巧妙地避開了這一刀的角度，承受了巨大的痛苦，換來了宮本武藏的氣力放盡。

如果宮本武藏這一刀沒有命中，他的鬥志就會在下一瞬間重新燃起，剛剛那一刀什麼最後的覺悟根本就不會是最後的覺悟，這場架又會往下打了個沒完沒了。宮本武藏就是這種越戰越凶的男人。

可他確確實實砍中了。

而宮本武藏的鬥志，也確確實實在這一刀得售下，煙消雲散。

聶老慢慢拔出這一刀，體內的電氣自動將傷口附近的血脈封印住，緩緩修復。

宮本武藏雙膝軟倒，垂跪在地上。

沒有一絲一毫的力氣留在他的身上，彷彿連下一輩子、下下輩子、下下下輩子的力氣都在剛剛一口氣預支用盡了似。

身爲一個武者，他想好好看看這一個擊敗自己的強者的模樣，可事實上，宮本武藏連睜開眼皮都很艱辛，他只能任憑充滿電氣的微風搖晃著自己殘破的身體，看看能否碰巧將沉重的眼皮給搖開。

這時候，即使是一顆尋常的子彈也能結束東瀛武聖光輝燦爛的一生。

聶老的手指，輕輕地按在宮本武藏的額頭上。

只要雷氣一吐，傳說就會寫下最後一章。

聶老感到很欣慰。

比自己弱小的宮本武藏，竟可以將自己逼到這種境界。

與偶像的見面會結束了。

現在，只剩下一件事。

「我一直想問你一個問題。」

聶老慎重說道，深怕自己的語氣有一毫不敬。

「……？」

宮本武藏用僅剩的耳朵聽著。

「當年，你獨自一人雙刀，在吸血鬼的地盤上任性獵殺，爲什麼到了最後，卻要成爲他們的一份子。告訴我，這是我應得的。」

「……」

這個問題，撬開了東瀛武聖的靈魂。

爲什麼，自己要伸出驕傲的脖子，任憑血族訂下永恆效忠的契約？

爲什麼……爲什麼……

「武藏，如果有輪迴，眞想下輩子再這樣摸摸你的臉。」阿通憐惜地說。

武藏微笑。

只有在這個女孩面前，他才是這種模樣。

跟他交過手的人絕不會同意，他們一致認爲他是個囂張跋扈的惡魔。

「那個時候的你，可不能把我給忘了。」阿通小小聲地說：「阿通就算是當一個小小的丫鬟，也很樂意在後面服侍武藏，讓你開開心心去做想做的事。」

「我配不上妳。」武藏真摯地說。

聶老怔住了。

他的偶像在幹嘛……他臉上濕濕的兩道水光，是怎麼一回事？

「武藏啊……還記得我們的約定嗎？」阿通看著火光。

「要成爲天下無雙！」武藏大叫：「一定！」

粗魯的吼聲，就連地上的柴火也怕得發起抖來。

「還有……另一個小小的約定呢。」

「啊？」

「……就是，輪迴到下一世的時候，要記得阿通的臉喔。」

「哈哈哈哈哈！沒問題的，到時候還請阿通多多指教。」

「不是開玩笑的。」阿通有點煩惱，小小的臉蛋揪成了一團：「我好怕武藏你忘了阿通的模樣，到時候茫茫人海的，找不到武藏，阿通一點也不知道該怎麼辦才好，想幫武藏洗衣服、吹笛子，都沒有辦法……」

忽然，宮本武藏想起了那一場火焰四射的大雨夜。

在大雨傾盆的一夜，剛剛出棺的宮本武藏與「那一個火焰男孩」盡興鏖戰，最後那一個勇敢戰敗的男孩卻跪在地上，拚命地求饒，哭到連鼻涕都噴出來了，毫無廉恥就是想活下去。

當時宮本武藏又驚又怒，他覺得求饒是武者最大的恥辱，恨不得在聽到更多寡廉鮮恥的乞饒之言前一刀斬殺那一個男孩，免得大幅貶低那一場精采的死鬥在他心中的價值。

可現在，宮本武藏完全明白那一個火焰男孩的心情了。

那一個火焰男孩，心裡一定有一張臉。

那一張臉，就是火焰男孩拚命想活下去，即使被敵人踐踏尊嚴也無所謂的原因。

此時此刻，距離死亡只有一指之遙的宮本武藏，心裡也有一張臉。

一張遠比戰鬥，遠比鬥魂，遠比驕傲還要珍貴一百萬倍的臉。

「投胎吧……阿通，我一定會遵守約定，記得妳的臉……」

宮本武藏淚流滿面。

一頭只剩呼吸力氣的猛虎，在敵人面前嚎啕大哭著。

聶老的腦中一片空白。

他只不過問了一個問題，卻看到這一個無法理解的畫面。

「絕對不行！」

一柄飛刀急速射向聶老的眼睛。

聶老不閃不避，揚手一把雷劍便將來襲的飛刀軌道擊歪。

這一揚手，聶老看見一直在旁邊觀戰的賀身形鬼魅地衝了過來，手中的飛刀連發，每一刀都進入了嶄新的速度境界，比以前都要危險。

「血族的英雄不必求饒！」賀低吼。

不只是賀，其餘的東京四豺全都一擁而上。

橫綱以鋼鐵肉球之勢衝向聶老：「武藏老大快走！」

聶老一面躲開不斷射來的飛刀，一掌轟雷。

這一掌卻轟不走視死如歸的橫綱，這個超級大胖子竟用整個身軀撞走雷電！

「咬！」

聶老感到身後一陣冷風吹來，反手射出一道雷箭。

那冷風即時躲開雷箭，在半空中瞬間加速，化作恐怖的白光，朝聶老的頸子咬去——冬子！

「臭老頭！看我的！」橫綱幾乎要燒焦的右臂一推，強行逼雷電反彈。

正當聶老忙著與能力大幅提升的橫綱、冬子與賀陷入混戰時，一道快速絕倫的人影衝向宮本武藏。

「老大走！」

大鳳爪一把抓住滿臉淚水的宮本武藏的後頸，拔腿就閃。

雷光肆虐中，冬子倒下。

橫綱倒下。

賀倒下。

「別想走！」

聶老朝瞬間遠去的大鳳爪劈出一道雷劍。

那雷劍卻沒有如預期刺穿大鳳爪的背脊，而是牢牢地被暴起攔路的虎鯊合成人TS-1409-beta給空手抓住——空手抓住雷電的結果，當然是全身給電得筋骨蒼白。

「老大不能死！在！這！裡！」

虎鯊合成人TS-1409-beta反手一折，將雷劍斷引到腳底，地上爆出強烈的焦火。

聶老起身要追，卻引來三柄飛刀射向他的咽喉、一道閃光咬向他的大腿、一坨大肉塊不死心地想要抱住他……然後，剛剛才豁盡全身力量接住雷劍的醜陋怪物，正掄起長滿突刺的拳頭向他狂奔衝刺。

這些小東西，已經從滿滿的感動裡醒來，誓死捍衛他們的老大！

「別以爲你們眞能起什麼作用。」

聶老全身雷光大盛，殘影飛轉，握拳！

電力十足的一記上鉤雷拳，轟得虎鯊合成人TS-1409-beta直飛天際，聶老的十幾道身影同時出現在冬子身後，急速疊合歸一。

冬子回頭便咬，卻看見自己赤裸裸的身體越來越遠、越來越遠……

「哎呦！我要死了？」

冬子瞪大眼睛，試圖在翻滾的視線中將自己失去腦袋的身體看了個仔細。

血水還來不及噴出斷頸，就被殘餘在傷口上的電氣給封住，砍斷她腦袋的聶老甚至根本不在她的身體旁，而是在地上痛扁撲了個空的橫綱。

「有種就殺了我們全部！別想逃！」

賀怒，飛刀雨下。

無論如何。

他們一定要用上每一條命，將獵命師第一高手擱在這裡！

第580話

雷與刀，拚命與逃命。

已拉開一公里之遠。

大鳳爪揹著武藏老大，專心致志、全力以赴、心無旁騖、一心一意以全速逃離。

這是他唯一的任務，什麼尊嚴驕傲都不管了，只要那些東西不能救老大的命，留著又有啥用？

唰啦！

轟！

一條將路劈成兩截的十一節棍，還是攔下了扛著宮本武藏的大鳳爪。

不妙啊……

「很抱歉，雖然我也很敬佩你們家老大，但……」

兵五常身上散發出來的鬥氣，沉穩，卻又剽悍。

「爲了人類，我還是不能讓你走。」

現在擁有「絕對無雙」命格加持、兼又實力飛躍的兵五常，絕對不是大鳳爪所能敵。就算大鳳爪可以勉強與兵五常一鬥，也會錯過將宮本武藏救走的黃金時間——這個時間，可是他所有的夥伴拿血換來的。

肩上的宮本武藏已經完全失去意識，他滾燙的鮮血濕了大鳳爪一身。

「這樣呢？」

大鳳爪毫無猶豫，右手抓住左手手腕，一用力，將左手硬生生給擰斷。

鮮血淋漓。

這隻陪自己扭殺無數強敵的厲手，大鳳爪沒有眷戀多看一眼，扔向遠方。

啪。

斷手落地。

「不用你動手，我也可以做到。」兵五常一點也沒有動搖。

他說的也不假。

咚。

大鳳爪跪在地上，用力磕頭。

這頭磕得之深之用力，就連兵五常的腳底也感覺到震動。

爲了自己，冷傲的大鳳爪十輩子都不可能跪下來。

但現在，大鳳爪的膝跪倒，頭緊緊貼著地。

奇異的是，大鳳爪絲毫不感到屈辱。

——而這個姿勢，的確是兵五常再怎麼強，也沒辦法得到的東西。

沒有說話。

兵五常與他的棍，自動讓開了一條路。

如果拒絕了大鳳爪的五體投地，即使今天拿下了徐福的首級，人類獲得最終勝利，這輩子，兵五常還是無法原諒自己。

「……」

沒有道謝，大鳳爪站了起來。他已經拿了最重要的東西交換。

「……」

兵五常看著大鳳爪肩上，氣懸一線的宮本武藏。

原本滿臉的血，已被滿臉的熱淚洗開。

這就是強者的面容嗎？

這就是自己一直無法成爲眞正強者的原因嗎？

缺乏流淚的理由，缺乏比武道更重要的東西，所以，反而無法變強嗎？

兵五常有點迷惘。

兩人交錯。

躍。

大鳳爪肩著宮本武藏躍開兵五常的視線之際，混濁的天空響起恐怖的巨震。

九把刀的秘警速成班（13）

福音軍，是大核爆後世界，Z組織所屬第三種人類的軍團總稱。

通常人們認為，灰色十字架是第三種人類的前身，但實際上Z組織一直維持著灰色十字架的部隊編制，被賦予了福音軍精銳的稱號，以紀念灰色十字架在東京大決戰之際在全世界各地所立下的輝煌戰功。

福音軍享有大核爆後世界最好的資源，當然也包括了軍事力，對所有的第三種人類來說，加入福音軍是最好的出路，為凱因斯犧牲則是最高榮譽。

所有時間區的大小諸國或邦聯乃至幫派都有一個共識，務必要排除任何與福音軍正面交戰的可能性。

第581話

吼！吼！吼！

一路揮著巨大的狼牙棒，一路踩踏著陸戰隊的坦克與裝甲車，五隻獨眼巨人慢慢走向東京灣海岸線，只要他們雙腳踩入大海，人類的聯合艦隊便岌岌可危。

科技是人類對付吸血鬼最大的優勢，但此刻，所有艦艇上的高科技飛彈根本無法鎖定虛無的幻象，只能靠著甲板上地對空的雷火快砲朝城市裡一陣亂打，轟得許多大廈支離破碎。

而獨眼巨人在不斷坍塌的高樓掩護下，咆哮著，逼近著。

駐紮在海岸線上的陸戰隊陣地，是保護艦隊的最後一道防線，卻在獨眼巨人摧枯拉朽的恐怖威力下，顯得如雞蛋殼般脆弱。

幽影裡，白喪慢慢加強著自己的幻術能力。

「慢慢來……慢慢死……」白喪其實很高興，能遇上這種規模的戰場。

也只有這種種族對決級的戰場，需要白喪如此誇張的幻術登場。

現在，白喪在安全的幽影裡慢慢移動，穩定地強化幻能。

三隻獨眼巨人在密集的砲火下緩緩跪倒，卻又有三個獨眼巨人從地底裂縫中爬出，還是以五隻足數繼續前進。五支狼牙棒往下重重揮落，數十名來不及逃開的陸戰隊隊員的心臟登時停止跳動。

……那五隻獨眼巨人，好像又變大了些。

「這個施術者眞的很厲害，無法找到他的本體的話，根本撂不倒他。」書恩完全無能爲力，她所能做的，不過是用大風咒幫巨人搧搧風。

「還沒好嗎？鎖木？」倪楚楚操縱著所剩不多的兩成蜂群，在大廈間尋找著躲藏起來的幻覺施術者，但咒蜂數量大幅減少，且戰鬥已久的倪楚楚精神集中力也越來越差，目前仍一無所獲。

也許只能祈求人類的艦砲亂打，可以一砲隨機命中施術者躲藏的地點？

「快了吧……我感覺到莫名的異樣！」鎖木隻手朝天，全身發出灼熱的光芒。

在所有獵命師的眼中，都可以看出鎖木身上的灼熱光芒，正隨著他的獨臂射向雲端，只是雲端之上，是否眞有離奇的隕石正要從天而落就不得而知了。

此時，五隻獨眼巨人終於踏進了海岸線陸戰隊陣地，將好不容易建立起來的防禦點一舉摧毀，而失去大廈掩護，完全暴露在艦隊砲火下的獨眼巨人，也被漫天艦火給射得體無完膚。

大地震動。

獨眼巨人倒下了。

只是，新的獨眼巨人又在濃煙烈燄中站起來了。

變得更巨大，更強壯，手裡還多了一面足以抵禦砲火的巨大盾牌。

五隻獨眼巨人踩著滿地心臟痲痺的新鮮屍體，舉著巨大盾牌，正式踩入海水的那一瞬間，五隻獨眼巨人的背後，又分裂出另外五個身形更加龐大的獨眼巨人，一共有十個獨眼巨人肩並著肩，在巨型盾牌的掩護下朝人類的聯合艦隊前進。

「長官！是否將艦隊往後撤？」戰略官的語氣惶急。

面對這種明知是幻覺也無法擊退的巨怪，身經百戰的安分尼上將尚未動搖。

他指示：「艦隊維持陣形，戰鬥機兩中隊立刻起飛應敵。魚雷準備，將那些巨人的腳炸斷。」

「是！長官！」

第582話

這三個獵命師，正意外扮演著決定城市命運的關鍵角色。

「你的隕石再不快點掉下來，人類的艦隊就會被狼牙棒搗爛！」倪楚楚咬牙。

「妳才是，快點找到施術的白氏！」鎖木難得回嘴。

「……不要這樣，我只能幫你們加油而已。」書恩汗顏。

！

倪楚楚登時睜大眼睛。

「來了？」

鎖木凝視著天際，他感覺到一股強大的力量正在雲端之巔迅速匯聚起來。

這股力量空前強大，強大到……即使這股力量是自己召喚而來，但恐怕遠遠超過了自己所能操縱的程度，他不禁全身冷汗。

大氣震動。

這股被傳說中的命格召喚而來的力量，豈止超越了鎖木的想像，不斷從大氣之巔逼近東京的「它」，馬上吸引住所有正在東京鏖戰的獵命師之注意力。

□

「我的媽呀！」烏拉拉不自覺抬起頭。

「這是……」初十七即使瘋了，也覺得這股從天而降的力量更瘋。

「哪來的……哪來的……」谷天鷹揑緊拳頭，拳頭竟在發抖。

老麥無語，他只覺得一切都完了。

□

滿街的火。

滿街的，著火的屍體。

「？」烏霆殲一拳裂開吸血鬼火燙的身軀，眉頭一皺。

他抬頭，那些亂七八糟的隕石是怎麼回事？

□

「從現在開始，這個世界就會脫離預言的範疇了吧。」

闕香愁飲著酒，漫不經心地往天空上瞧：「太瘋狂了哈哈哈，幸好我已經先一步醉了。」

從走進東京的那一刻開始，就沒有宰過任何一個吸血鬼的闕香愁，他的腦筋比誰都要糊塗，但他的心卻比任何人都要清澈。

如果隕石也砸不死他，到時候再考慮動手吧？

□

「這股力量……即使是幻術，也強大到無法抵禦啊……」

大長老白線兒也不禁啞然，如果血族白氏陣營中有人可以施展這種等級的幻術，那麼人類聯軍根本打一開始就沒有希望。

不，並非如此。

大長老白線兒隨即想到，即使血族擁有這樣的幻術，也絕對不會如此無差別地施展在自己的地盤上。

睿智的牠，隨即聯想到那一個傳說中的命格。

□

終於，天空裂了開來。

一百顆巨大的隕石穿過雲層，將滿天黑雲燒成火紅。

隕石大小不一，最小的也有汽車那麼大，最大的直徑則有棒球場那麼驚人！

第一顆隕石從天射落，擊中了一棟高樓，將意識裡的高樓攔腰撞斷。

「我只是……想要一、兩顆隕石而已啊？」鎖木駭然：「怎麼來這麼多？」

「我們全都會死在這裡。」書恩有種隨時都會暈倒的感覺。

此時，倪楚楚散落四處搜尋獨眼巨人施術者的咒蜂，感應到了大長老的存在。

不，是大長老白線兒刻意喚了倪楚楚的咒蜂找到牠。

「倪楚楚，將咒蜂布置在我跟鎖木之間，我要傳遞能量過去。」

大長老看著距離自己最近的一隻咒蜂說。

「是。」倪楚楚遵命。

幾百隻咒蜂迅速排成一條線，最末端的兩隻分別停在大長老白線兒的尾巴上，以及鎖木的額頭上。

「鎖木，集中意念。我來幫你。」

一道穩定的聲音貫入鎖木的心海，是大長老白線兒的意念。

「這些隕石既然是你召喚得來，縱使是某人的幻術加乘，你也應當有加以擾亂幻術的能力。」大長老白線兒的精神力滲透進鎖木的精神世界裡：「至少盡量將隕石扔到該去的地方。」

「是！」鎖木精神爲之一振。

「倪楚楚，全力撐住。」大長老。

「沒問題。」倪楚楚屏氣，壓榨自己即將乾涸的咒力。

數百隻咒蜂先是發出淡淡的光芒，然後如煙火般燦爛四射。

大長老的精神力源源不絕地爬過咒蜂的羽翅，送進鎖木的腦世界。

第583話

百慕達三角洲，深海。

Z-Base。

毫無疑問，不須要等到戰爭結束，最強的招式已經揭曉。

只是區區一千萬人份的腦波，就匯聚成如此狂霸的幻招，能力範圍甚至籠罩了整個東京區，再也沒有比這種「虛假」更加的真實。真實的恐怖。

「我不喜歡人類的艦隊，那些飛彈什麼的，實在太礙手礙腳了。」

遠在海底城的凱因斯，輕而易舉地操縱著隕石落下的軌跡。

有一半的隕石，即將落在人類的聯合艦隊上。

「不過，我也不喜歡看一堆雜魚搞的地面肉搏戰，就讓我幫大家挑選一下，活下來的就是菁英。」凱因斯微笑：「看菁英打架，才是真正的強弱遊戲。」

於是另一半的隕石，被分配落在整個東京城市區。

戴著環形金屬頭罩的凱因斯，凝視著巨型螢幕上的每一個分割畫面。

凱因斯一微笑，一百顆隕石全速朝大海與東京下墜。

□

海岸線。

完全不須要下令，人類的聯合艦隊上每一種叫得出名字的武器，全都朝向天空莫可名狀落下的隕石，瘋狂地轟擊！轟擊！轟擊！

十隻幾乎已經走到艦隊旁邊預備大開殺戒的獨眼巨人，也忍不住抬起頭，將盾牌牢牢擋在頭頂上，屈膝預備迎接隕石的墜落。

大墜落！

太可怕的精神力量了，幾乎將整個天空的弧線都給扭曲了。

「想辦法……將隕石扔向更遠的大海吧！」大長老白線兒嘆氣。

「是！」鎖木大叫，手臂如砲管般將他與大長老的精神力射向隕石群。

然而，逼使隕石群下墜的力量實在是太恐怖了，鎖木根本沒有辦法控制隕石的眞正落向，只能將自己這一區天頂上的隕石給噴開，勉強自顧自命的程度而已。

在那一刻，同樣以幻覺構成的十名獨眼巨人，其手中的盾牌全被粉碎，連哀嚎都來不及，巨人們像螞蟻般被隕石砸死，灰飛煙滅。

巨人們恐怕無法作弊再生了，因爲隕石群無差別地墜落在海岸線上，也恰巧擊毀了神祕的幽影屏蔽，將躲在裡頭的白喪給碾了過去。

擅長製造巨大而恐怖幻覺的長老白喪，最後卻被更巨大更恐怖的幻覺給殺死，報應輪迴，應該也沒什麼好抱怨的吧。

第584話

隕石繼續下墜，下墜。

正飛進東京的安倍晴明，雖然法力尚未完全回復，卻也不得不停了下來。

他的妖狐咒眼立即看出這些穿透雲層的隕石並非實物，可那又如何？

「這是什麼咒？」安倍晴明大為震驚。

沒有時間細想了，咒力藉妖氣神聖顯現，安倍晴明周身紫氣繚繞。

十三指結印，魔舌彈動。

「大衝魔——陰陽衝擊波！」

紫氣化作光彈，綿密地攻擊隕石。

然而隕石太過巨大，陰陽衝擊波根本來不及擊碎任何一顆，就任由隕石墜落。

安倍晴明只得倉促地召喚與他定下契約的天地神靈：「大神祇咒——天無邊，海無界！天神允我，百里風魔！」

小風匯聚成大風，大風吹聚成狂風。

狂風暴起成兩隻無形巨爪，試圖在半空中抓起隕石擰碎。

然而隕石儘管是幻象，可這幻象實在太過巨大沉重，就連風魔巨爪也無法抓穩，只能逮住幾顆較小的隕石，在高空中將其互相擊碎聊以作數。

「這種招式根本毫無慈悲！」

安倍晴明又驚又怒：「那些獵命奇術之人施下的咒，竟如此惡毒！」

第585話

隕石繼續下墜，下墜。

人類的聯合艦隊毫無理性地攻擊幻覺隕石的結果，當然是一場徒勞無功。虛幻的隕石穿透了鋼鐵厚實的船艦甲板，擊碎了每一個人類士官兵的精神中樞，將這些千里迢迢參與歷史一役的戰士們，永遠地埋葬在他們最信賴的船艦裡。

「這到底是怎麼一回事？這……你們到底怎麼了！」

坐在F22戰鬥機機艙裡，等候汽油加滿、彈藥補充的雷力，只能眼睜睜地看著身邊十幾個弟兄神色恐懼地倒斃在飛行甲板上。他從一開始的驚愕，漸漸感到莫名的無能爲力。

隕石繼續下墜，下墜。

從天而落的恐怖摧毀著大海上所有高科技的一切，人類聯合艦隊的統帥安分尼上將，也在這一場亂石崩雲的慘局裡閉上了他爬滿皺紋的眼睛。

打仗，有勝有負，也許安分尼上將並不在乎在這一場戰役裡死去。

只是他絕對沒有想過，令艦隊全軍覆沒的，竟不是死敵血族下的手吧？

……甚至，這不過是隱藏在黑幕裡，眞正敵人的一個輕率決定。

第586話

凱因斯感覺到，自己的隕石攻擊受到了嚴重的干擾。

他很驚訝，明明馬上就要擊中東京主要城區的五十顆隕石，有過半數以上都被奇異的力量給直接攔截下來，好像有一層厚實又黏滑的超大型薄膜罩住整個東京城區，將絕大部分的隕石給黏了進去、加以消化吸收似地。

「有高手！」

遊戲狂凱因斯當然沒有惱羞成怒，而是興奮不已。

他趕緊在巨型螢幕上的無數分割畫面裡尋找可能的答案。

搭載了精密的「腦能量感測系統」的Z組織衛星群，能夠即時同步「幻能量」與「氣」的具體化影像，因此很快地，Z組織多達兩百多顆正在記錄東京之役的軍事衛星給了凱因斯解答。

全東京地表上，最強的能量爆發點。

「阿不思還活著？」

凱因斯極爲訝異：「……站在她旁邊的，是誰？」

那個「誰」，並非全身被強大的能量給包覆著，在衛星的能量感測下，那個「誰」本身就是一股難以估計的巨幅能源體，從這個巨幅能源體爲初始點，激射出柔軟而不規則形體的超級薄膜，呵護著這個命運滄桑的城市。

無庸置疑，這種防護罩概念的超級薄膜力量，當然出自城市管理人之手。

身爲城市的數千年靈魂，他竭盡所能攔截了大部分的威脅，卻還是不免讓十幾顆隕石穿透了防禦，重重墜擊著地表上的百萬生命。

任何掩體都沒有用了。

頃刻，無數老百姓、日本自衛隊與人類聯軍陸戰隊，甚至是專業的獵人兵團，都無差別地死於瞬間泰山壓頂的恐懼。

這些隕石群並沒有如凱因斯預期般在東京城區造成更大十倍的傷害，對他來說，要再丟一百顆隕石到東京裡，只不過是再花五分鐘蒐集這個世界上一千萬人份量的腦意識罷了，談不上氣餒。

但夠了。

「這樣，就夠了。」

凱因斯看著巨型螢幕上，重新從一片混亂裡分割出來的戰鬥畫面。

其中有一個畫面，擠滿了為了躲開不停落下的隕石，碰巧撞在一起的人。

那個畫面，完全吸引住凱因斯的目光！

九把刀的秘警速成班（14）

Rath，是美國最瘋狂的吸血鬼，沒有之一。

沒有人知道Rath在還沒成為吸血鬼以前的歷史，或許知道的人都已經命喪黃泉，他的瘋狂毫無理性，他的殺戮拒絕提供理由，任何勢力都無法與之談判，只能祈禱不要不小心招惹到他。

Rath之所以擁有眾人公認的頂尖瘋狂，當然得歸功於他擁有眾人公認的頂尖實力，他是絕對的獨行俠，因為曾經與他短暫共事的「夥伴」都被他隨性幹掉，就連吸血鬼的各大幫派長老，也常常成為Rath宣洩瘋狂的目標。

總之，神經病。

〈最差勁的對戰巧合〉之章

第587話

隕石落下，落下，落下。

三分鐘前（如果這個失去時間的東京，還有一支可以用的手錶的話），殺入東京的凡赫辛獵人團支團盯上了上官一行人，喜孜孜地聯絡附近的獵人團員，一齊加入狙擊「傳說」的行列。

很遺憾，戰局才剛剛開始，誰獵殺誰就變得很模糊——享譽全球的凡赫辛獵人團首次品嚐到逃跑的滋味。

然而剛剛那一陣毫無徵兆的隕石暴落，中斷了上官一行人將不長眼的凡赫辛獵人團全數殲滅的樂趣——就連上官一行人也被逼著展開生平最快的腿速，在隕石轟落的夾縫裡狂奔求生存，十分狼狽。

隕石轟得地表爆裂，高熱的煙塵滾滾。

「嚇死我了！眞的嚇死我了！」

拔腿狂奔中的聖耀氣喘吁吁地說：「我很確定，一定是我身上的爛命讓東京變成這個樣子的，不然哪有可能一下子掉了那麼多隕石！」他今天瀕死復生近百次，身體回復力可說是血族之最，但就連他也沒有把握被隕石直接擊中還能活下來。

「少在那邊自以爲。」阿海大罵，腳下不停：「這些亂七八糟的怪事早就超出你的爛命！有時間抱怨，不如跟緊一點！」

「……見鬼了。」賽門貓一邊拔出卡在肩上的刀片，一邊閃過崩裂飛來的碎片：「明明就知道是幻覺，卻還是不得不閃？」

被風宇的刃絲切斷左手的螳螂，剛剛還在幾個半死不活的獵人堆裡東挑西選的，拔下一隻又一隻的斷手放在自己的斷肩處比對，苦惱著到底要接上哪一隻新手的好。

現在，螳螂也不忘拿著一隻中意的斷手，一邊閃避隕石：「眞的好想馬上就接上啊……你們看！這隻手是不是長得挺好看的啊？喂！你們根本沒在看啊！」

「閉嘴啊你！」賽門貓沒好氣，大步跨過一道深長的地縫。

隕石墜落，大樓成疊倒塌，路面如肝腸寸斷。

最強悍的張熙熙與上官肩並著肩，在最前頭領跑，兩人一掌一拳，將前方衝來的隕石碎片全部掃光，沒把握第一時間掃光的巨大威脅，就馬上急轉彎閃掉。

「還撐得住吧？」張熙熙一頭亂髮，掌上太極勁連發。

「這句話竟然是妳問我？」上官失笑，拳腿並用。

這一切眞是太莫名其妙了。

若不是想來東京找阿不思「好好聊聊」，正好遇上了世界大戰在東京開打這種瞎事，否則上官絕對不會相信自己經歷的一切。人類確實瘋狂了，就連這種喪心病狂的幻覺武器都做得出來？

此時，前方又是轟隆一聲。

張熙熙看見對面街角除了掉下半截噴火的大廈外，還衝出了一百多個瘋狂逃竄的人影。仔細一看，那些人影都不是尋常百姓，而是約一百多個牙丸禁衛軍的隊員，他們朝上官的方向歇斯底里衝了過來，每個人的身上都冒著熊熊火焰。

「快逃！」「不要往後看！」「逃！快逃！」「等援軍啊！」「死定了！」

「那個人是怪物！」「只有等阿不思老大……啊！」「好燙啊！」

「別再過去了！」「分散逃！」「啊啊啊啊啊痛死我了！」「不可能啊！」

到底有什麼東西，比落下的隕石與坍塌的高樓還可怕，竟然讓這些視死如歸的牙丸禁衛軍抱頭鼠竄？

「老大？」張熙熙的第六感直豎。

「嗯嗯。」上官全神戒備。

因隕石折騰，大街小巷全都煙霧瀰漫。

然後是瞬間消失的煙霧瀰漫。

不同於白氏幻術只要施術者還在射程範圍內便可持續攻擊，凱因斯無中生有的隕石群在墜落後不久，便隨著凱因斯沒有繼續偷竊千萬人的腦波而消失了，連帶隕石撞擊造成的樓塌地裂的異象也無影無蹤。

但火焰仍在。

那些拚命想要逃離火焰的牙丸禁衛軍也在——在逃。

上官果斷停下了腳步。

他的夥伴們也停下了腳步。

這是多次死裡逃生換來的敏銳。

上官一行人，同時嗅到了令他們不得不停下腳步的死亡氣味。

第588話

「火焰般的男人」不再是一個形容詞。

貨眞價實的，一個全身燃燒著猛烈火焰的男子，從對街大搖大擺地走了出來。

那個男人，那種姿態。

即使對方實力弱他無數個層級，那男人依舊用君臨天下的氣勢以一敵千，就在剛剛隕石群不斷砸爛這個城市的同時，他也沒有中斷他一面倒的大屠殺，照樣在亂石崩雲裡橫掃千軍。

那副與世界爲敵也滿不在乎的模樣，讓上官的眼睛整個都亮了起來。

他不可能沒聽過，有一個窮凶極惡的、不屑國際獵人榜單排名的、總是與火焰爲伍的、絕對沒有吸血鬼攔得住他的、失去右手的……如雷貫耳的那一個名字……不過，等等？

他唯一的左手拿著那把銀色長槍是怎麼一回事？

看來傳說跟事實還是有一點出入啊，上官心想。

烏霆殲。

手持著烏禪先祖的九龍銀槍，魔威凜凜的烏霆殲。

上官難掩嘴角的微笑。

「……」烏霆殲瞪著上官，一眼也沒看向旁人：「吸血鬼是吧？」

「難得想交個朋友。」上官點點頭：「在下，上官無筵。」

「我不跟死人做朋友。」

傲氣逼人，烏霆殲的腳下向前蔓延出十數條火線。

左手上的九龍銀槍，冒著滾滾蒸氣。

「很好的回答。」

上官莞爾，拍了拍皮衣上的灰屑，手裡多了一柄飛刀。

不打不相識，的確是男子漢之間交朋友最棒的方式。

可惜，在這種世界毀滅的種族對立點上，這場架，大概是交不成朋友了。

——這眞是，最差勁的巧合了。

賽門貓首先在路旁倒塌的廣告招牌上坐下，點了根菸。

螳螂將斷手扔掉，靠在路燈下休息。

聖耀有點緊張地挨著阿海坐下。

張熙熙聳聳肩，往後一躍，輕飄飄坐在一輛無人坦克的車頂。

他們心知肚明。

儘管在東京臨時決定要與一向討厭的圈養派吸血鬼暫時合夥、對抗人類壓境的時候，上官一行人就約定好，在這種非常時期可別英雄主義作祟，遇到強敵，務必速戰速決，團結合作是唯一的選項，才能確保每一次戰鬥後大家不致於受太嚴重的傷。

但，上官竟然說了什麼想交個朋友之類的鬼話。

「那也沒辦法了。」阿海噗哧笑了出來：「好好打啊老大。」

「不要開口要我們幫你啊。」賽門貓吐著煙圈。

「我有點怕被波及，我們是不是走遠一點比較好？」聖耀有點恐慌。

「老大，可能的話我想要他的手，幫我鑑定一下。」螳螂鄭重交代。

「我知道你在想什麼，但這個男人是不會加入我們的。」張熙熙慵懶地整理頭髮：「記得一開始就全力以赴啊……老、大。」

他們故作輕鬆的旁觀態度，絕對不是看輕烏霆殲。

不管在江湖上聽了多少被加油添醋、誇張扭曲的傳言，都比不上親自站在烏霆殲面前一秒。只這麼一個照面，他們就知道烏霆殲不只是一個夠資格與上官無筵齊名的大怪物，烏霆殲很強，真的很強，他的身上不只被火焰籠罩，他手上的那柄長槍很危險，他的潛力裡蘊藏著一股更加強大的不明力量……就算他們全部連著上官一起圍攻烏霆殲，也不見得一定能勝。

但。

但他們毫無疑問地相信一件事。

老大會贏。

不管對手是誰，老大最後一定會贏。

第589話

「兩個傳說，過了今天只會剩下其中之一。」

說著說著，上官笑了：「眞是太過癮了。」

他笑了，手上的飛刀也笑了。

上官無筵用來對付烏霆殲的飛刀，沒有一柄是用來裝模作樣打招呼的，第一柄飛刀就朝著烏霆殲的咽喉射去。

烏霆殲蛇頸張口一咬，竟將飛刀狠狠咬住，一翻身，左手長槍轟出。

「大！火炎咒！」

大砲般的火焰從九龍銀槍射向上官的同時，卻沒有僅僅只將攻擊範圍縮限到上官一人，烏霆殲這豪邁一擊，將張熙熙等人盡數籠罩。

「殺！」上官踢破眼前的火焰，簡直不敢相信。

「太極——」隨時都在戒備的張熙熙雙手劃圓，氣勁飛逝：「流轉！」

張熙熙的太極勁登峰造極，漂亮地將火焰卸到兩旁，替眾人解圍。

「一口氣解決你們！」烏霆殲這次又是一槍掃出。

火焰如龍，龍鱗四射，的確一口氣一招式對上所有強敵。

「瞧不起人！」賽門貓吋勁一拳，吹熄了射向自己與聖耀的火焰。

上官瞬間來到烏霆殲後方，又驚又怒地給了他背窩一拳。

烏霆殲硬是承受住這足以打穿坦克裝甲的一拳，換來的是，他也來得及迴身給了上官一記熱力十足的一吼：「獅火攻！」

上官被這火山爆發似的一吼，給衝擊到十丈之外，全身都飆滿了火焰。

「鬼影螳螂！」

既然對方想一打多，螳螂也不客氣了，欺身一鉤，單臂就將烏霆殲鉤倒。

失去平衡的烏霆殲並沒有摔在地上，而是在半空中化作一條迅速翻騰的火龍，火龍形成高熱氣旋攔住螳螂正想開溜的腳步，一槍將螳螂轟出。

螳螂全身著火一飛，立刻被張熙熙的太極勁托著。

張熙熙左手連挪十數下，將八成的火勁卸除後，順勢將被KO的螳螂往後一送，被最敏捷的阿海給穩穩接住。

賽門貓虛虛實實、上上下下、左左右右的身影，在螳螂飛出的時候，已趁機將烏霆殲團團圍住，毫無死角。

「果然不是浪得虛名。」賽門貓的聲音從四面八方鑽進烏霆殲的耳裡。

虛即是實——吋！

可惜，當迷蹤拳的奧義爆發的時候，也是賽門貓整個被揍出去的時候。

他甚至不知道自己是怎麼被轟飛的。

「你們就不能乖乖躲遠一點？」

又是張熙熙即時托住了賽門貓，左手交右手，右手轉左手，引進落空，將充滿爆炸力的火焰給拖引出賽門貓的身體，再將頭昏腦脹的賽門貓給扔出火圈。

阿海又接住。但光是這一接住，餘火就燙得阿海雙手差點抓不住。

聖耀呢？

最有先見之明的聖耀，早就躲得遠遠的。

但烏霆殲可沒有看漏了這一行人裡最有價值的大魚！

「我要——吃！了！你！」

烏霆殲大吼，撲向體內棲息著「不死凶命」的聖耀。

張狂的火焰從烏霆殲的血盆蛇口裡爆發，轟向臉色如土的聖耀。

「好說好說。」

一隻手輕輕撫摸著那幾乎要衝倒聖耀的火焰，手指平舞，掌心柔軟，長臂斜擺，將那沖天炮似的火焰若有似無地捲走。那一隻手的主人，當然還是張熙熙。

「還你！」

張熙熙反手一帶，那火焰逆吹向烏霆殲。

身爲火之神，烏霆殲當然不怕火焰，卻不得不正視張熙熙順勢打上來的那一掌——好強的風壓！好強橫的剛勁！

明明是獨臂，九龍銀槍在烏霆殲的手上卻變成了比兩隻手還要好用的兵器，以毫不曖昧的直劈迎接張熙熙的太極剛掌，震得張熙熙往後連退七步。

一掌一火交錯了十幾招，不管烏霆殲怎麼橫砍直劈，張熙熙竟勉強用托、卸、拆、化撐了下來，冷靜沉著的她還能偶爾還烏霆殲一招。

直到兩人又拆了一百多招後，張熙熙才開始發現不對勁。

眼前這個凶神惡煞狂使手中長槍的技巧越來越熟練，召喚烈火的咒術跟長槍的搭配也越來越霸道，遠非一開始交手時所能比擬，顯然……顯然這柄奇形怪狀的長槍落在這個凶神惡煞手中的時間，根本就非常短！

而武功高強的自己，竟成了烏霆殲練新兵器的實驗品！

「眞是難以忍受啊。」張熙熙苦笑，掌影翻疊。

「死！」

烏霆殲長槍斜刺落空之際，空蕩蕩的右腕瞬間凝聚出強烈的能量。充滿不祥氣息的惡魔之爪轟向張熙熙！

「！」張熙熙完全不考慮用太極勁化解這霸道絕倫的一爪。她用盡渾身解數往後飛逃，直到惡魔之爪撕裂整個地表爲止，張熙熙才臉色蒼白地落下。

剛剛如果遲疑了千分之一秒，自己的身體都不可能完好如初吧？張熙熙吐了一口長氣，心想，如果烏霆殲這一個大絕招可以滿不在乎地連放幾次，自己到底又能靠著反射神經躲開幾次？

正當烏霆殲在狠狠凌虐上官的朋友時，上官慢條斯理地從地上爬起來。越來越習慣老祖宗留下的兵器的烏霆殲，冷冷將九龍長槍指向上官的眼睛。

「果然不是浪得虛名。」上官將烤焦了的皮衣脫下，擦掉鼻頭上的黑灰：「想跟你一對一，是我太一廂情願了，我在這裡向你道歉。」

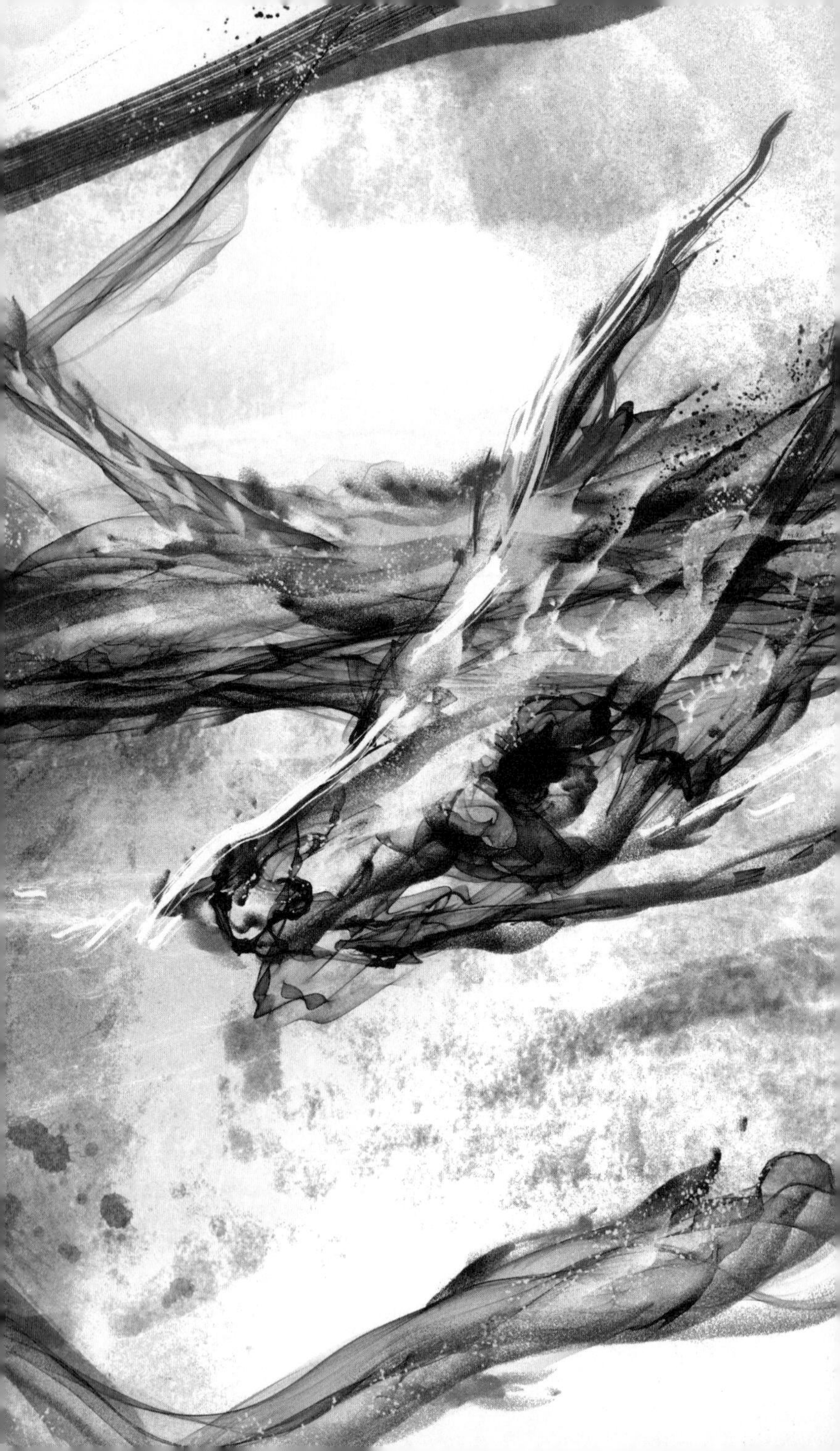

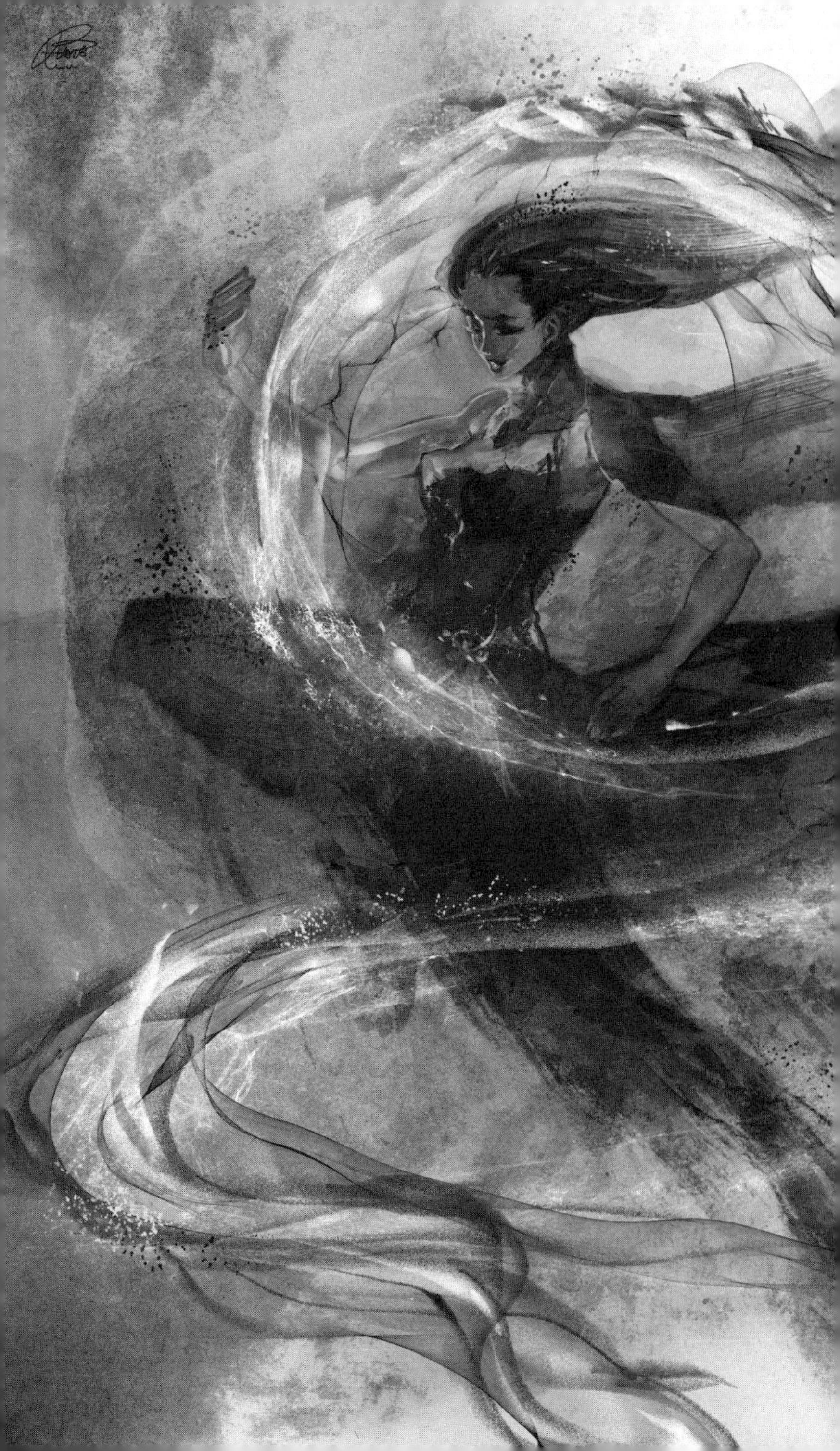

話剛說完，烏霆殲還來不及看清楚上官是怎麼將皮衣扔掉的，就給一拳砸飛出去。等到烏霆殲在半空中翻滾的時候，才聽見耳朵裡爆出一聲響。

這一拳，簡直比飛刀還快！

烏霆殲的背才重重撞在地上，張熙熙的掌就壓了下來。

這一下烏霆殲也無法即時運氣強擋，只能迅速翻身躲開，讓張熙熙的掌勁灌爆地面，碎石激噴。

烏霆殲一彈起身，上官的飛刀便即駕到，只是被九龍銀槍給即時攔了下來，火星四濺。而烏霆殲看準了上官極速欺近的身形，一把惡魔之爪瞬間成形，準備將上官一舉轟殺！

如一陣銳利的風，上官衝抵烏霆殲的正前方。

打算硬碰硬的一刻，烏霆殲右腕上凝聚成的惡魔之爪，卻像虛弱的燭火一樣，忽然消失無蹤，抓了個空。

「發呆是大忌！」

上官的拳勁迸發，烏霆殲飛射出去。

厲害，剛剛那一拳可是想直接打穿你的。上官心道。

但烏霆殲的飛射並沒有持續半秒，張熙熙就已在半空中接住了這股強大的去勢，一扭手，竟將上官猛烈的拳勁化作半弧摔勁，把烏霆殲整個人塞進地球表面。

轟！

「大招果然不能連發。」張熙熙微笑，吐了吐舌頭。

躺在冒火的地底裂縫中，烏霆殲快痛到爆炸的腦中只有一個疑問。

剛剛惡魔之爪明明就已匯聚成形，自己也確實感覺到了紮實飽滿的力量，怎麼會在關鍵時刻虛掉呢？特別是在面對如此強敵的時候，惡魔之爪更應該遇強則強，隨傳隨到才是，怎麼會沒有理由陽痿掉呢？

……不，不是沒有理由。

烏霆殲從地底裂縫裡衝躍出來，上官與張熙熙正一前一後等著他。

他嗅了嗅，仔細地用獵命師的記憶分辨。

是了，剛剛因爲那個毛頭小子身上的「不死凶命」氣味太過濃烈、太過吸引，導致自己忽略了這兩個超級強者所散發出來的異常氣息。

這兩個人中，精於太極拳的女人，身上棲息著命格「關鍵時客」。

而這男人的身上……不得了，竟住了一頭可以暫時消解天下萬命能量的「百命藏鱗」！！

由窮凶惡極的無數爛命所煉化而成的能量兵器「惡魔之爪」，雖然已經失去了命格的形體與獨特的個性，但能量基礎畢竟還是由命格而來，在遇到這個男人身上的「百命藏鱗」時，還是如燭火般被吹滅。

有些棘手。

不過，既然剛剛「惡魔之爪」可以用在那女人身上，顯然「百命藏鱗」的作用範圍並不大，只要距離稍微拉遠一點，等一下應該還是可以將那個女人一舉轟滅，再來就可以專心對付那個棘手的男人。

「不過，這樣很好。」

烏霆殲剛毅的臉上，再度開始冒出火焰，以及極難得的嘴角上揚。

那個超強的男子打在自己身上的幾拳，每一拳都超過了自己生平所曾承受，果然是傳說中的上官無筵。

而「百命藏鱗」這種天命格，幾乎可以確定不是降臨在這個男人的身上，而是從這個男人的身上自然生成，因爲他的確擁有讓所有命格的影響力都消失的霸氣，令所有出現在他面前的「被造成的強與弱」，都屏除在命格之外，讓一切歸於「絕對的強與弱」。

上官無筵，很強。

絕對的強。

「就當作沒有惡魔之爪這一招吧。」

烏霆殲將九龍銀槍往地上一蹬，火炎咒大盛。

四周八方登時被火焰吞噬，將上官與張熙熙包圍在火龍捲之中。

「眞可惜是在這裡遇到你。」上官眞心嘆氣，握拳。

「眞高興是二打一你。」張熙熙也是眞心慶幸，凝掌。

烏霆殲身如火，槍如火，靈魂如火。

一動念，流燄四射。

第590話

三人的身影交戰在最差勁的戰場。

卻也多虧了如此差勁的戰場，才能令兩個傳說相遇。

「！」上官的飛刀射進烏霆殲的肩窩。

「！」張熙熙的太極勁轉開了烏霆殲強襲的龍火。

「！」烏霆殲的長槍掃中了上官的背脊，上官卻被張熙熙托掃了整整一圈。

眼花撩亂，聽似最不公平的二打一，親眼看，卻是最精采的二打一。

張熙熙展現出不下於上官的冷靜沉著，上官則盡興地揮灑他的英雄氣勢。

而沒有再用上惡魔之爪的烏霆殲，卻在強敵的夾攻下飛速進入火槍合一的境界，彷彿老祖先烏禪親自在旁邊教導他一樣，每一槍都是火燒千山萬水的霸氣。

賽門貓氣喘吁吁地說：「太……太可怕了吧？都是怪物……」

阿海扶著螳螂，說：「等吧，反正老大最後一定會贏的。」

聖耀也只能抱怨：「我覺得好熱，我們是不是要再躲遠一點點？」

上官被轟倒。

張熙熙差一點點就被轟倒。

然後烏霆殲也被轟倒。

其實這三個人隨時都處於被ＫＯ擊倒的狀態，卻也馬上回復到出擊的氣勢。

碰上一個好對手，勝過苦練十年。

九龍銀槍的眞正實力，漸漸在烏霆殲的火臂上綻放出來，而無形之中，九龍銀槍的第一個主人烏禪，其睥睨萬物的眼神，也在烏霆殲的神色裡凜凜浮現。

曾經被武者用心對待過的兵器，都有它獨特的靈魂，從炙熱的槍身上，烏霆殲感受著烏禪手持一柄長槍殺入地下皇城的神威……與孤獨，而多年寂寞的九龍銀槍，也因爲亟欲證明自己的威力仍在，不斷地逼出烏霆殲潛在的能力，好追上它第一個主人烏禪。

沒有「霸者橫攔」的命格加持又如何？

烏霆殲本身就是霸者橫攔！

長槍上的九條銀龍張牙舞爪，忽長又短，有如活物，烏霆殲身上的火炎更到了耀眼燦爛的程度，每一招都光芒四射，直接被這把九龍銀槍掃中的話，恐怕不是帥氣地吐幾口鮮血那麼簡單。

大氣燒裂，天地俱焚。

阿海與聖耀等四人坐在遠處療傷，都幾乎無法呼吸了，那幾乎沸騰起來的空氣一吸進肺裡，恐怕連肺都給燒了。

面對霸道到這種程度的攻擊，張熙熙的太極卸勁似乎已到了極限，她隱約感覺到，如果只是存著想在一旁幫忙分散烏霆殲的注意力、撐住局勢、直到上官將烏霆殲打敗的心態，是絕對無法在烏霆殲面前活下去的。

她必須更加積極。

她必須很想贏！

然而早就有一個人，一開始就只想著贏。

「眞是，太強了吧？」

上官越打越興奮，忍不住嘗試了新的可能——

上官消失了。

剛剛明明就很無敵的烏霆殲飛出了。

第591話

只剩下了速度。

空氣中還來不及爆出悶濁的低響，烏霆殲又飛得更快更遠，因爲這一次上官的身影並沒有如例停下，而是持續以聲音無法追上的超高速，直線地追上飛射出的烏霆殲，然後又加上一拳——又加上一拳——又加上一拳——

烏霆殲重重撞擊在地。

上官以奇怪的姿勢勉強煞車，差點摔倒，右手拳頭還冒著一股熱勁。

轟！

轟！

轟！

轟！

聲音後到，在空氣中裂開四聲響。

他們兩個距離剛剛上官轟中烏霆殲第一拳的地方，至少有五百公尺那麼遠。

烏霆殲沒有馬上爬起，因為這四連擊實在是太沉重，好像有四塊硬鉛被強塞進烏霆殲的胸膛裡，還不斷將他的心臟拉往下沉。

出招的上官也不好受。

這連續超越音速的四拳連擊，也嚴重撕裂著上官的肌肉，令他全身顫抖，暫時有些動彈不得。呼，上官出拳之前，原以為自己有機會連出個十幾拳的，沒想到只發了四拳就差點要了自己一命。

但上官沒有失望。

雖然腳步有點踉蹌，他的強敵還是如預期般重新站了起來。

「臭吸血鬼。」

不顧幾乎要炸裂開來的胸口疼痛，烏霆殲手中長槍化作九頭飛射而出的火龍，怒喝：「大火炎——咒！」

報應來了，無法動彈的上官只能硬接這個攻擊——九條霸氣十足的火龍箭衝擊上官，一股將這個吸血鬼傳說轟向遠方，還在地上刮出無數道焦黑的火痕。

但一擊得售的烏霆殲沒有在原地喘息，而是全身怒火硬追上去，只是跑了幾步就不得不用長槍插地，支撐著未能好好回復的身軀。

好整以暇的張熙熙天使般接住了上官，轉著上官，挪著上官，雙掌猶如裹著由內力包覆的薄膜，將緊緊纏著她家老大的九條火龍給輕輕撕開，然後將充滿內力的火焰傾瀉在地球表面。

只見地面登時裂出數百條火縫，幾乎給烤熔了。

烏霆殲奮力吐出一大口黑色的濁血，拔起長槍，大步向前。

每一步都在地上留下憤怒的火焰。

全身冒煙的上官坐在地上慘笑，看著烏霆殲步步逼近。

看似無法動彈的上官，手指上卻把玩著一柄飛刀。

對這個吸血鬼傳說來說，決勝負永遠可以只是一把刀分內的事。

「我來。」

張熙熙平靜地說，往前站了一步，擋在上官前面。

現在的她，終於要解開封印了。

「妳終於肯受傷了嗎？」上官笑了出來，這可眞是難得啊。

張熙熙沒有回答，連一眼都不給，因爲她實在是太生上官的氣了。

如果她家老大爭氣點，自己就不用……就不用受傷了。

是的，說起來也眞是太匪夷所思，從剛剛的幾輪惡鬥下，上官傷慘了，烏霆殲也被揍得不成人形。偏偏這一個女人，除了手掌有點燒燙外，可是一點都沒有將傷口留在身上。

她，不曉得花了多少心思在保護自己的細皮嫩肉不受傷害。

很好笑嗎？

對張熙熙來說，這一點都不好笑。

話說，到底有多少年……十年？二十年？還是三十年？

張熙熙將鬆開的掌——那一雙擁有無敵防禦的掌，輕輕，用力，握了起來。

颯！

沒想到這一鬆一握，竟隔了這麼多年。

有一說，太極者，一陰一陽，陰陽並濟。

這話，只說對了一半道理。

陰陽並濟是武學長久安身之道，不與人爭，心境太平，無招勝有招。

但，太極之至陽，毅然決然捨斷了陰柔之力的至剛之力，無視平衡，無視防禦，卻毫無疑問充滿了只進不退的超雄爆發力。

「沒想到可以看到妳受傷，我被揍得那麼慘，也算很值得。」

渾身冒煙的上官哈哈一笑，乾脆坐在地上不起來了。

賽門貓、螳螂、阿海與聖耀，全都遠遠地睜大眼睛，嘖嘖不已。

以攻代守的時刻到了，張熙熙剛猛無儔的太極雄勁，正緊緊地握在拳心。

「哼。」

烏霆殲腳步不停，維持著穩定的霸王氣勢，銀槍的九龍刺冉冉燃動。

張熙熙沒有擺開架勢，她只是淡定地看著烏霆殲那把危險的長槍。

烏霆殲踏在地上所燃起的吞吞吐吐的火捲，衝到張熙熙面前三尺，像是撞上了一堵無形的氣牆，整個被壓制。烏霆殲繼續前進，往前噴出的火捲更形強烈，卻還是燒不進張熙熙的面前三尺。

這種呼吸不能的對峙感，完全讓剛剛的二打一變成一場遊戲。

烏霆殲停下。

「我現在，很生氣。」張熙熙握緊拳頭，捏得空氣滋滋作響。

「沒關係，等一下妳就死了。」烏霆殲掄起銀槍，儼然烏禪再世。

馬上就可以知道，從來都沒有跟上官打過架的張熙熙，到底……

到底？

「極！火炎——」

烏霆殲揮動銀槍，便即一舉轟出狂燄的刹那……

張熙熙完全沒有絲毫反應。

她那副不動聲色的模樣，絕對不是在等待烏霆殲轟出絕招的瞬間再加以反擊，也不是根本不畏懼烏霆殲絕招的氣定神閒。

而是，根本就無法動彈。

然而烏霆殲的火炎絕招也沒有將張熙熙一舉燒成灰燼。

因爲幾乎要成形的絕招根本沒有轟出，硬生生卡住。

烏霆殲的姿勢就停滯在剛剛掄起九龍槍的瞬間，極度不自然。

「？」烏霆殲非常詫異，不明所以。

「……」張熙熙忍不住毛骨悚然。

坐在地上觀戰的上官，在附近或站或坐的螳螂、賽門貓、阿海與聖耀，卻來不及爲烏霆殲與張熙熙的異狀感到驚訝，因爲他們同樣一動也不能動，全身像是被一股強大的力量從四面八方緊縛住似地。

不。

並不是那樣的。

「喔喔……不妙啊。」上官暗忖。

上官感覺到自己無法動彈，並不是遭到力量壓制，而是身體遭到了強制的異質化——仔細分辨的話，也就是身體變成了石頭。

手指無法挪動半分，連嘴唇都打不開，只有意識還保持正常吧？

上官思忖著……這種感覺，很像是幾年前自己與白氏長老白夢交手時，被幻覺所束縛的滋味。那麼，施術者多半也是躲在附近的白氏血族吧？

雖然被石化了很討厭，但只要讓他開口說一、兩句話，那些圈養派爛吸血鬼就知道自己這一行人現在暫時是與他們同一陣線的吧？

「上官無筵？」

聲音，來自一道幾乎被熔毀的牆後。

本尊尚未現身，但穿出牆後的地上影子卻暴露了其恐怖的怪模樣。

「坐在地上的上官無筵？眞是難得的畫面啊……」

慢慢地，她極其吃力地走了出來，或許更正確來說，是她們走了出來。

灰色又粗糙的皮膚，兩隻特別強化過的腳，搭配兩隻長及地面、幾乎可稱爲「前腳」的長手臂，如此比例怪異的身軀頂著三顆醜陋的腦袋，巍巍峨峨地走出藏身的牆，最恐怖的是，而這個三頭怪物的背脊上，還黏著一顆流著口水的女人頭。

一共是四顆腦袋，三顆醜的，一顆傻的。

Z組織，第三種人類軍團最強的幻術者，梅杜莎。

第592話

「凱因斯大人命令我們到東京來當人類的救星，所以……你們只好將就死在這裡吧。」梅杜莎右邊的腦袋吃吃笑著。

「根據比對出來的資料，我們可以一口氣解決的狠角色還眞不少。」梅杜莎左邊的腦袋開始數了起來：「烏霆殲？張熙熙？上官無筵？還附帶了一些榜上有名的雜碎，眞是大豐收。」

烏霆殲連瞳孔都無法移動，只能從眼角餘光中看到梅杜莎的輪廓。

第一個感覺是醜。超醜。非常醜。

第二個感覺是丟臉……竟然會落進這種醜陋怪物的陷阱裡。

「在這裡面，上官無筵應該是最有名的吧？我想將上官的腦袋掛在我們的後面，凱因斯大人一定會同意的，對吧？」梅杜莎中間的腦袋喜形於色。

「上官又不是精神能力者，他的腦袋對我們一點用處都沒有！」梅杜莎左邊的腦袋沒好氣地說。

「我就是喜歡揹著上官的腦袋到處炫耀，不行嗎？」梅杜莎中間的腦袋放大音量。

「想炫耀的話，將上官的腦袋抓在手上不就得了？何必動手術黏在我身上呢？」梅杜莎左邊的腦袋冷冷吐槽。

「是我們的身上。」梅杜莎右邊的腦袋糾正。

「我喜歡上官的頭永遠變成我的一部分，不行嗎？」梅杜莎中間的腦袋很堅持。

「是我們的一部分。」梅杜莎右邊的腦袋不斷強調。

「總之我們先把上官活著帶回去，要不要把他的頭縫在我們身上就交給凱因斯大人決定吧。」梅杜莎中間的腦袋鍥而不捨。

「完全沒道理將上官活著帶回去，那等於從現在開始我們都不必殺其他人了是吧？」梅杜莎左邊的腦袋快要失去耐性：「只有我們把這裡所有人的腦袋都留在地上，我們才可以去別的地方繼續立功啊！」

「我贊成。如果我們要把上官活著帶走，從現在開始直到回海底城，我們都要一路用精神力石化他，根本就是立刻撤退。」梅杜莎右邊的腦袋理性分析：「所以折衷吧，如果妳眞的那麼想留著上官的腦袋炫耀，那就把他的頭割下來，用繩子拖在地上怎樣?」

「……」梅杜莎中間的腦袋陷入苦思:「拖著上官的腦袋啊……」

正當這三顆腦袋爭論著如何處理上官的腦袋時，上官的腦袋正冷靜思考著如何突破被石化的絕對困境。

集中精神啊，集中!

只要手腕以下還能動……不，只要夾著飛刀的兩根手指可以動，動一下下，這場被石化的鬧劇就會瞬間落幕。

上官凝神。

在與白夢陷入苦戰時，差一點點就死在精神黑洞裡的他，之後一直都在尋找辦法自我訓練如何集中意志，好對抗將來更惡劣的幻術能力。

但鍛鍊意志有什麼特殊的方法?上官也不知道。

比起勤快地特訓鍛鍊，上官反而一直都在「眞正的實戰」中變強，但實際上這幾年又沒有那麼多高強的精神能力者可以讓上官從中習練出精神集中之術。上官只好藉著最沒有創意的打坐冥想，在寂靜裡慢慢整理自己的思緒，放鬆放空，試圖從極度不集中意志，逆向找出集中意志之法。

而現在，從未喪失鬥志的上官，再度開始以全神之力對抗梅杜莎。

此時，梅杜莎三個腦袋忽然停止幼稚的爭辯，看向上官。

三顆腦袋異口同聲：「好厲害的傢伙，竟在想辦法掙脫我們的石化。」

雖然上官並非擅長使用幻術的精神能力者，但若光論集中意念這件事，恐怕有九成九的幻覺施術者都會敗給上官。可惜上官一動念對抗，擁有一般幻術能力者四倍能量的梅杜莎就發現了，立即增幅石化的精神力，壓制上官的努力。

但，努力對抗石化的強者，並不只有上官一人。

有一度，烏霆殲的眼皮幾乎要眨了一下。

「烏霆殲也是個狠角色呢。」梅杜莎左邊的腦袋咕噥著：「他比凱因斯大人給的資料還要強，剛剛差點就被他突破了呢。」

梅杜莎慢條斯理地走到烏霆殲與張熙熙之間，感受到烏霆殲與張熙熙最近距離的對峙感，中間的腦袋說：「這兩個人的力量都太強大了，如果通通帶回海底城加以改造成我們第三種人類，一定都是出類拔萃的戰士。」

「比起改造成出類拔萃的戰士，直接殺死出類拔萃的戰士不是更有意思？」梅杜莎左邊的腦袋嗤之以鼻：「先宰了烏霆殲吧。」

長長的手臂抬起，梅杜莎撫摸著烏霆殲剛毅的臉龐。

她的指甲，溫柔地刮著烏霆殲的嘴唇，將他的嘴角勾出一個僵硬的上揚。

那是一種對好吃食物的深深愛憐，也是對強者最踐踏的舉動。

但怒火攻心的烏霆殲根本無計可施。

難道自己竟然會用這麼沒用的死法，將豪情壯志埋葬在東京嗎？

「慢慢挖出他的心臟吧，我敢打賭，烏霆殲的心一定燙得要命。」梅杜莎左邊的腦袋提議，她的手無限愛惜似地摸著烏霆殲的胸口。

「不如先捏碎他的陽具。他這種男人自尊心一定很強，在他死之前，先讓他感覺一下比死還痛苦的滋味！」梅杜莎中間的腦袋總是喜歡將事情搞複雜。

「還是如往常折斷他的脖子吧，乾淨俐落。別忘了等會我們還有很多腦袋要摘呢。」梅杜莎右邊的腦袋提醒：「如果凱因斯大人正透過衛星看見我們這麼拖拖拉拉，一定會很不高興的。」

這一提醒，另外兩顆腦袋立刻同意。

梅杜莎灰色的手掌輕輕放在烏霆殲的後頸上。

此時不只烏霆殲怒極，連上官與張熙熙都無法接受這個敵人是死於如此招式。

「！」上官的意志力陡然倍增，幾乎要衝破極限。

「？」梅杜莎三顆腦袋冷眼看向上官，一瞬間就粉碎上官的抵抗。

上官一陣暈眩，意志力幾乎退化到無法重整思緒的程度。

石化，是多麼簡單構想的幻術能力。

可在梅杜莎的石化射程範圍內，這個世界上根本沒有「人」可以與她較量幻術。

而唯一或許可以對抗梅杜莎的「非人」，此時還遠在這座城市的海岸線，根本不可能說出現就出現。

只要梅杜莎的手用力一擰，無法防禦的烏霆殲就會人頭落地。

啪搭。

一滴雨，輕輕落在梅杜莎的手上。

梅杜莎還來不及抬起頭，傾盆大雨就從這個城市的上空刷了下來。

轟隆隆隆隆隆隆隆隆隆隆隆隆隆隆隆隆隆隆隆隆隆隆隆隆隆隆隆隆隆隆隆隆隆隆隆隆隆

隆隆

隆隆隆隆隆隆隆隆隆隆隆隆隆隆隆隆隆隆隆隆隆隆隆隆隆隆隆隆轟隆隆隆隆隆隆
隆隆隆隆隆隆隆隆隆隆隆隆隆隆隆隆隆隆隆隆隆隆隆隆隆隆隆隆隆隆隆隆隆隆隆
隆隆隆隆隆隆隆隆隆隆隆隆隆隆隆隆隆隆隆隆隆隆隆隆隆隆隆隆隆隆隆隆隆隆隆

每一粒雨都沾滿了戰火的煙塵，絕望，與希望。

梅杜莎的手空了。

原本牢牢抓在她手中的烏霆殲憑空消失，就連上官等人也都不見了。

無緣無故……無緣無故……

三顆梅杜莎的腦袋，表情都極爲難看，竟然有這種離奇事情在她眼前發生？

這場暗藏玄機的傾盆亂雨，肯定是遠遠在她精神能力範圍外就發動了，否則她一定老早察覺，但這場雨並非以虛應實的幻術，而是某種可以藉水瞬間移動的咒語——到底是誰呢？到底有誰會這種一口氣搬移多名目標的奇妙咒語呢？

「不是安倍晴明……」左首。

「就是服部半藏吧？」右首。

「沒有挑戰我們就直接救走他們，一定是怕了我們。」中首。

雨驟然停止。

三顆醜死了的腦袋，逕自在原地嘲笑著不敢交手的敵人。

心底卻同時暗暗發誓，下次一定要改掉慢慢玩弄目標的壞習慣……

第593話

一處雨莫名其妙地停。

一處雨毫無徵兆地落。

賽門貓抹了抹臉上的雨水，表情像是從鬼門關口繞了一圈。

聖耀被嚇得魂不附體，呆呆看著同樣被雨淋濕的大家。

「有人出手幫了我們。」螳螂說著廢話中的廢話：「不曉得是哪一邊的人。」

張熙熙與上官都沒有說話。

他們眞的差一點就死了。

說不定在這兩個超級強者的生命裡，剛剛被石化的幾分鐘，恐怕是有史以來最凶險的幾分鐘。根本就像畜牲一樣任人宰割。

不公平嗎？

偏偏他們覺得很公平。

擅長飛刀的人，用飛刀宰了習慣徒手打架的人，天經地義。

喜歡扔炸彈的人，用炸彈轟掉了擅長飛刀的人，理所當然。

對眞正的高手來說，武器就是身體的延伸，也是一種修煉的賭注，如果你覺得比起武士刀，機關槍更擁有壓倒性的戰鬥優勢，那你就該好好練習使用機關槍，學著以最有效率的方式補充子彈、學習動手改造出一把最合適自己的機關槍、學習帶著機關槍在各種地形左躲右閃、學習在萬一子彈用罄的情況下如何生存下去——而不是去抱怨使用機關槍的人佔盡優勢不要臉。

這是基本覺悟。

那個擁有四顆腦袋的醜陋怪物，不僅勝過了自己，還一口氣勝過了在場的所有人。她將他們的性命把玩於手掌心。

那怪物使用的石化幻術能力一點也不偷雞摸狗，而是超強的實力。

她的奇襲捕獲更不可恥，而是一種高明的悄然隱身。

那怪物叫什麼名字？

不知道。

那怪物根本沒有花任何時間自我介紹，顯然，是完全將他們看作死人了。

而他們不僅在那四頭怪物面前無力抵抗，還不知道是怎麼死裡逃生的。

雨，說停就停。

上官霍然站起，走向城市的另一端。

「老大，你去哪裡？」螳螂愕然。

上官頭也不回，只扔下孩子氣般的一句話。

「我嚥不下這口氣。」

第594話

嚥不下那口氣的，還有這一個人。

通常，怒火中燒是一個形容詞。

但在這個人身上，怒火中燒卻是不折不扣的動詞。

「你是誰？」烏霆殲全身燃燒著憤怒的火焰。

也只有他，會這樣看著救命恩人。

「一個喝酒的人……嗝！」

這位酒氣沖天的救命恩人，當然是曾經用大雨即時帶走烏拉拉的闕香愁。

「王八蛋！」

烏霆殲身上的火焰隨著爆炸性的情緒朝闕香愁竄出，卻被自地表往上激射的雨水給沖滅——神乎奇技的鬼水咒。

一火一水，天生相剋，這兩位都是臭名昭彰的天才獵命師。

一個完全不受控制，一個則是壓根沒人想控制。

「爲什麼將我跟上官分開！」烏霆殲怒極：「再怎麼說，你也是一個獵命師吧！不是對著祖先發誓過，吸血鬼見一個殺一個嗎！」

「哈哈哈哈哈哈嗝……大概是我喝得太醉了，才會把上官什麼的丟到別的地方吧哈哈哈哈哈哈！嗝！」闞香愁大笑，一身寫滿歪斜毛筆字的超破爛長大衣跟著抖動起來。

「……」

烏霆殲再怎麼霸道，也知道眼前這個醉鬼不是自己的敵人。

他也聽過闞香愁，他知道這個殺了雙胞胎弟弟還是哥哥因此發瘋的醉鬼，懶惰成性、脫隊聞名，不會是緝拿自己的白痴獵命師之一。

「我走了。」

烏霆殲用這三個字，替代了太艱澀的謝謝。

闞香愁對著烏霆殲的背，打了一個又長又臭的嗝。

「嗯啊，我聽你弟弟說過，你們要在徐福面前會合是吧？」

「……你見過我弟弟？」

烏霆殲停下，撇過頭。

「你弟弟，他……」闞香愁用抓著酒瓶的那隻手搔搔頭：「唉。」

「他怎麼呢？」烏霆殲的聲音很冷酷，骨子裡卻很火熱。

「他……該怎麼說呢眞是……」闞香愁說了等於白說，一言難盡似地。

「他怎樣？」烏霆殲終於整個人轉過身，眼神罕見的著急。

嗝……嘔……闞香愁將吐到嘴邊的嗝給吞了回去。

烏霆殲往回靠近一步，如果闞香愁再欲言又止的話他就一槍捅下去。

「你弟交了女朋友。」闞香愁抖了一下。

「啊？」烏霆殲一震。

「還是高中生而已喔，嗝！哈哈哈哈人長得滿可愛，胸部卻太大，比例上有些那個……太成熟了是吧？」闞香愁一說起廢話，就完全符合醉鬼風範地廢了個沒完：「不過她是一個啞巴，這點倒是很好相處，嗝！我猜你也喜歡啞巴對吧哈哈哈！」

「……」烏霆殲超想一把火揍下去的。

不過。

不過，弟弟交了個女朋友啊？

那一個乳臭未乾的弟弟，現在也有想要保護的女孩了……

「嗯。」烏霆殲壓抑住怒氣，勉強點了點頭，立刻又要走。

「等一下，嗝。」闞香愁笑道：「你現在知道鬼水咒可以藉水傳送空間了吧，如果……嗝！如果我比你早一步遇見徐福，需不需要馬上傳送你過去，把徐福幹……幹掉啊？」

連這一點也可以做到嗎？烏霆殲點點頭。

「那麼，一口將這瓶鬼酒喝乾了吧。」闞香愁將手中的酒壺扔向烏霆殲。

烏霆殲接過。

他皺眉看著壺口沾黏的口水，閉氣，嫌惡地一口氣將泡了咒語的酒水喝盡。

闞香愁走了過來，接回酒壺：「然後我再摔兩個巴掌，這樣我就可以自由用水傳送你了。」

烏霆殲還沒反應過來，闞香愁就用力在他的臉上摔了一個巴掌，烏霆殲回過神想一拳揍出，卻只能克制不發，讓闞香愁反手第二個巴掌摔了他另一側的臉。

熱辣辣的滋味，罕見地出現在烏霆殲的臉上。

闞香愁咧開嘴笑了起來：「水傳送火，哈哈哈哈嗝！聽起來挺有趣的啊哈哈哈哈……不過剛剛那兩巴掌只是我個人興趣，跟傳送條件無關啦哈哈哈嗝！」

「操！」

烏霆殲一槍轟出，卻只轟在一道軟弱無力的水幕上。

水幕洩地，天才遠去。

別人辦不到的事，他轉眼間就做到了。

不過別人做不到的並非摔烏霆殲巴掌，而是……

「哈哈哈哈哈哈！」

烏霆殲忽然笑了起來。

這種爽朗的笑聲，眞不適合火焰一樣的他呢。

九把刀的秘警速成班（15）

凱因斯是一個重度的神話迷。對此他根據各地神話的內容創造出屬於他的戰將與寵物，然後以神話英雄的名稱為其命名。

比如黃金十二星座戰士，比如大力士赫庫力斯、巨嘴海怪卡律布狄斯、魔音穿腦的海妖塞壬、蛇髮女妖梅杜莎，便都是凱因斯根據神話英雄或惡魔的形象，想盡辦法炮製出來的相似物，就連能力也盡量用達到極限的科技力改造與仿擬，以接近神話裡的描述。

絕對不要小看凱因斯對玩具的執念。

〈東京滅亡！拒絕末日的血族〉之章

第595話

曼哈頓只是一個起點。

就在眾所矚目的東京大決戰之際，全世界各地都出現了變種吸血鬼攻擊人類的事件，病毒感染之快以超幾何倍數成長。根據統計，如果一個變種吸血鬼無法在一分鐘內加以消滅，平均一個變種吸血鬼可以在三分鐘內製造出六個即將突變成變種吸血鬼的感染人類，半個小時後就會出現一支瘋狂的變種吸血鬼大軍。

一個城市接著一個城市淪陷在絕望的慘叫聲中，就連原本已找到與人類共生方法的吸血鬼黑幫勢力都大受打擊，成爲變種吸血鬼的祭品。

各國政府很快就發現這種危機並無法解除，派出軍隊與變種吸血鬼進行戰鬥，只會被反向吸收，並增強爲變種吸血鬼的力量。最好的方式，就是實施最高層級的戒嚴令，以城市爲單位進行強制隔離，用重武器劃下重重封鎖線，並且對倉皇逃出封鎖線的民眾無差別炮擊，防止混在裡頭的吸血鬼趁隙突破。

這種殘忍卻有效的作風，在民眾間引起了極端的反應。

一方面爲了生存下去，大家對苟延殘喘在封鎖線內的悲慘民眾視若無睹，任憑自生自滅。另一方面，封鎖線外的民眾對封鎖線內的親朋好友無差別地被拒絕逃出感到憤怒不已。

無論如何，一連串的恐怖感染，都造成了民眾對政府的絕對不信任——很顯然政府很早就知道吸血鬼的存在，卻一直隱而不宣！在這個時刻，種種誇張到了極點的謠言都跑了出來，任何荒謬的言論都擁有大批追隨者，政府封鎖網路特定討論區的戒嚴行動並沒有將謠言阻絕圍殺，反而讓民眾徹底喪失對政府的信賴，各地都湧現了示威抗議與暴動，要求官員負責。

其實，不管是那一個國家，就連政府內部也出現極多異議，因爲沒有人眞正知道發生了什麼事，即使是位高權重的官員也沒辦法得知未來會如何變化，只能祈求有一架直升機就停在自家大樓的樓頂，一旦城裡爆發吸血鬼感染事件時，他們可以用最快的速度逃之夭夭。

黑暗時刻，英雄登場。

Z組織的第三種人類部隊猶如天降神兵，奇蹟般出現在各個重點城市，以超強的危機應變能力協助人類政府建立封鎖線，他們甚至會冒險將封鎖線慢慢推進遭受感染的城市，以解救更多其實還沒有被感染的民眾。

從來不被世界認識的Z組織成爲了救世主，灰色，則成爲了象徵光明與希望的色彩。

在各國戒嚴的緊急狀態中，第三種人類部隊的備受信賴，加速了各國政府聯合制定「世界公民疫苗法」的進度。

即使如此，就在這短短幾天內，這個世界的恐懼密度還是以過去數千年來都沒有過的速度擠壓、擠壓、擠壓，已經到了崩毀的臨界點——唯一的最後希望，就是人類政府將罪魁禍首指向號稱吸血鬼的大本營，東京，所發出的戰爭聲討。

就在前幾天，大東京地區的「時間」消失了。

而就在剛剛，聚集在東京灣口的人類聯合艦隊，連音訊也消失了。

從軍事衛星看下去，所有艦隊都像沒有靈魂的空殼一樣，靜悄悄地躺在大海上，所有在海岸線建立的軍事防禦點躺滿了一動也不動的各國陸戰隊，以及廢鐵般的高科技設備。

無計可施了嗎？

所有擁有核子彈的國家，不約而同地，都召開了窮途末路的軍事會議……

第596話

英國。

擁有兩百五十枚核子飛彈之國。

倫敦地下碉堡裡的戰情室，首相正召開今天第三次緊急會議。

戰略長桌邊坐滿了二十幾張穿著軍服的苦瓜臉。

其中一張苦瓜臉，軍衣袖釦上縫了一個淡淡的銀色Z字。二十分鐘前，他爲自己施打的命格藥水「毀天滅地」正將效用發揮到極致，會議室裡瀰漫著一股瀕臨毀滅的絕大壓力。

「英國，不，全人類都必須面對最嚴重的後果，此時，最殘酷的手段必須在最優先的考慮之內。」

汗如雨下的英國首相，一個字咬著一個字，鄭重宣布：

「在此時此刻動用核子武器，並不是一種邪惡，而是正義。」

中國。

擁有三百枚核子飛彈之國。

南京成了鬼城，上海已有一半化作紅色的廢墟，沿海各省全都回報變種吸血鬼的重大感染事件，不僅人民的恐慌節節高升無從排解，各地軍警系統也瀕臨內部崩潰。

北京中南海，偌大的會議廳裡全是星級將官。

其中三名將官的頸子上都刺了一個淡灰色的Z字，他們的血液裡從半小時前就流動著令四周暈眩不已的恐懼能量。毀天滅地。

「爲了世界，也爲了民族，黨必須爲國家興亡與人類存續做出悲慟的決定。就在今日，在這裡的每一個委員，每一個代表，都要見證此一歷史的轉折點。」

國家主席以嚴肅的口吻，繼續在極爲沉重的氣氛中說道：

「正義或邪惡，生存，或滅亡，我們責無旁貸——核子會議，開始。」

法國。

擁有三百三十枚核子飛彈之國。

一半的巴黎已經淪爲變種吸血鬼的禁臠，一半的巴黎進入緊急戒嚴狀態。

法國總理在重重戒護下走出電梯，他與一干隨從的表情都極爲緊繃，一公里外的總理專機已經加滿了油，如果他們無法將感染災情嚴密封鎖住，總理專機將立刻將所有將官送往馬賽——意味著巴黎將永遠被放棄。

會議室的門推開。

法國總理一踏進門，就感受到會議室裡瀰漫著一股愁雲慘霧之氣。

「……」

「總理，我們恐怕不得不立刻考慮最後的武器了。」左手食指戒指上刻著銀色Z字的參謀總長，雙手捲著早已皺掉的戰情報告，嘆氣：「再繼續躊躇下去，只會白白給敵人有喘息的機會，接下來就不只是巴黎淪陷而已。」

「其他國家的意見呢？」

「很遺憾，所有擁核的國家都跟我們一樣，正在召開最後的會議。」

美國。

擁有八千八百枚核子飛彈之國。

五角大廈是全世界最大的行政建築物，聚集了最多的智謀者與勇武者，卻也吸引了最多的陰謀者齊聚一堂——Z組織表面上最高的領導者莫道夫，帶著十多名Z組織特遣的戰情分析員，堂而皇之地坐在最高軍事會議室裡，參與美國立國兩百多年以來最重要的會議。

在多管命格藥水的滲透下，扭曲的、悲哀的、亟欲捨他國而自保的犬儒氣氛，充斥著這間會議室。

暫時代理美國正副總統職務的國防部部長，一言不發地看著螢幕報告上的唯一字眼。

「唯一建議：使用核武。」

俄羅斯。

擁有一萬兩千五百枚核子飛彈之國。

克里姆林宮的唯一強人，普亭，根本不需要跟任何人開會，憑一己之力就能做出最重大的決策，即使是是否對日本動用核子彈這樣的大事，普亭也只是聳聳肩，果斷搖了搖頭。

這一搖頭，就眞的把頭搖了下來。

掛著刻有Ｚ字項鍊的七個將官們將還是溫熱的普亭首級，扔在克里姆林宮門前的草皮上，宣稱是吸血鬼的神道特務所爲，然後緊急通報了三十多名最高階級的將領，召開了一場毫無懸念的臨時軍事會議。

會議上，在奇特低迷的氣氛底下，眾將官們先花了十分鐘爲普亭默哀，然後花了一分鐘決定打開裝有核彈密碼的皮箱。

眾將如是說。

「這是爲了求取正義的必要之惡。」

□

鯨魚再大，也毀滅不了地球。
獅子再凶，也無法屠殺所有動物。
人類，萬物之靈。萬物一直仰賴其最低程度的善意，而苟以生存。
五個世上最強國家，即將在核子彈發射器的按鈕上，留下永遠擦不掉的指紋。
或許世人都會理解，將有五枚核子彈會以正義之名飛向東京。
然而沒有人可以解釋，最後飛向東京的爲什麼不是五枚核子彈，而是一千。
一千枚核子彈，可以師出以「正義」之名嗎？

這是，最大極限的恐懼。

歷史不會記得這一天。
因爲歷史，將永遠不再存在。

第597話

勝利火焰無敵戰士團，此次抵達東京足足有五百菁英之譜。

就在隕石墜落前，這群殺吸血鬼專家以幾乎沒有折損同伴的完美演出，消滅了三千多名牙丸禁衛軍，以及兩千多名日本自衛隊隊員——全都在沒有任何高科技武器的掩護下完成格殺。

在吸血鬼的大本營裡視若無睹地屠殺，勝利火焰的確點燃了獵人團的驕傲，但隕石墜落時，勝利火焰無敵戰士團反被砸死了大半，甚至連團長都葬身在隕石撞地爆開的碎片底下。

餘下的兩百多名獵人僥倖活了下來，卻在廣場遇上了比隕石還要恐怖的東西。

一百個渾身赤裸的光頭老人。

一百個，在半空中婀娜多姿跳舞的、媚態百出的、露鳥光頭老人。

「……」

兩百多個剛剛才從隕石亂擊中苟活下來的獵人們，呆呆地看著那些快樂舞蹈的老人，彷彿那些怪模怪狀的舞蹈具有奇異的吸引力似地。

不，更正確來說，是這些獵人們根本不覺得這些跳著奇怪舞蹈的老人們有什麼殺傷力，就算是敵人，充其量只是小丑等級的敵人，不足爲懼。只是那些老人跳了個沒完，越跳越變態。

忽然，一百個老人異口同聲朗誦道：「吾乃天帝，此乃天地萬物間最美的佛舞——邪曲善妒的眾生，在欣賞完美妙的天帝佛舞之後，萬惡的心靈將得到淨化，這世上便不需要戰爭。」

「……」

「眾生歸依我帝後，世人再無敵我，從此塵世萬物都有佛性，皆屬於我。」

「……」

獵人們面面相覷，根本聽不懂也看不懂這些赤裸光頭老人在幹什麼。

「眾生跪下。」「眾生跪下。」「眾生跪下。」「眾生跪下。」「眾生跪下。」

「眾生跪下。」「眾生跪下。」「眾生跪下。」「眾生跪下。」「眾生跪下。」「眾生跪下。」「眾生跪下。」「眾生跪下。」「眾生跪下。」「眾生跪下。」「眾生跪下。」

「眾生跪下。」「眾生跪下。」「眾生跪下。」「眾生跪下。」「眾生跪下。」「眾

生跪下。」「眾生跪下。」「眾生跪下。」「眾生跪下。」「眾生跪下。」「眾生跪下。」「眾生跪下。」「眾生跪下。」「眾生跪下。」「眾生跪下。」「眾生跪下。」

一百個裸體老人低首，合掌，如果他們不要裸露下體，模樣可謂慈祥。

「……」獵人們毫無反應。

眨眼間，一百個裸體老人散發出暴烈的氣勢，緩緩打開雙掌，

「謗佛者死！」

一百掌，蘊含著絕殺幻數氣勁的一百掌，同時從半空中拍出。

這兩百多名絕非泛泛之輩的獵人豈是束手待斃之輩，躲的躲，接的接，被「美佛」這一波氣掌凌空劈死的獵人只有十幾人，可說是十分頑強的抵抗。

百尊一點也不美的美佛衝躍至地上，對著獵人團緊密出招。

接下來就是一番超噁心的人佛肉搏戰了。

白圓躲在暗處，憤恨不已地施展幻術，進行他的人間淨化。

原本就十分擅長貼身肉搏戰的勝利火焰無敵戰士團團員，手中的兵刃削開了美佛

噁心的身軀，猛拳砸碎美佛的頭顱，但美佛綿綿不絕的氣掌也拍碎了獵人的骨肉，有來有往。

雖然強弱並非懸殊，但獵人只會越來越少，以幻覺構成的美佛卻始終維持在一百尊，實力不減。不知不覺獵人只剩下五十多人，還漸漸被圍困在廣場中央，全滅只是時間問題。

「這一定是白氏幻術！快快找到施術的混蛋就對了！」血戰中的副團長大叫。

副團長身邊的戰士又倒下一個。

「第一小隊衝去外圍找出施術的白氏，其他人掩護！」副團長大吼。

「說的容易，但你做得到嗎？」

白圓冷笑，瞳孔白光大盛：「就讓你們在美佛的新舞步中死去！淨化！」

將獵人圍殺在廣場中央的百尊美佛，開始背貼著背，以兩佛爲一組跳舞，時不時在交換貼背舞伴中出掌攻擊獵人，眞的是——非常多此一舉的舞蹈。

第一小隊根本無法衝出重圍，在越來越懸殊的戰鬥裡他們只有不斷倒下。

就在勝利火焰即將被吹滅之刻，天際之上忽然射下無數絲線，絲線飛過來又射過去，飄過來又盪過去，從四面八方將一百名美佛與殘存的獵人們纏繞起來，猶如以整個廣場爲單位建造出來的超級大蜘蛛網！

「幻術？」

白圓吃驚，但他感應到那些蜘蛛絲線並非幻術構成，而是眞正的實體。

這麼說……眞的有那麼大的蜘蛛？這是誰家的咒術？

幻覺也罷，實體也罷，抗壓力很差的美佛大怒，紛紛拍掌震斷絲線，卻馬上被新的絲線給纏住。黏稠的不明絲線越來越多，很快就將許多美佛黏到動彈不得，甚至有好幾尊美佛都被絲線倒吊起來，姿態狼狽。

「哪來的……哪來的……」

白圓詞彙有限，氣急攻心之下更不知道該罵什麼。

答案不讓人意外，十幾隻蜘蛛從大廈頂樓飛落。

蜘蛛越落越大，直到落地前刻整個蜘蛛已巨大到連腳上的絨毛就像廁所刷子一樣長。一落下，充滿毒液的蜘蛛嘴就朝著動彈不得的美佛頭上啃，啃啃啃啃啃，美佛還來不及中毒死亡，就因爲缺了腦袋而消失。

美佛消失了，當然可以在蜘蛛的腦中重新出現，迅速回補到一百尊之數。

尚未被蜘蛛絲纏住的重生新佛在外圍發掌攻擊落地的蜘蛛，部分蜘蛛迸腦死去，但又有新的蜘蛛一邊吐絲一邊墜下，將重生的美佛再度纏住。

只是這一次，蜘蛛並沒有將美佛的腦袋咬掉，牠們只不過是繼續吐絲，將美佛的四肢纏得更紮實，不讓他們有機會掙脫。

搖搖欲墜的高樓之上，一身筆挺的黑色西裝。

咒形蜘蛛的主人。獵命師長老護法團的超級高手，廟歲。

「幻覺可以死後再生，消滅那些醜陋的東西只是徒勞無功。只要困住你的幻覺就可以了，作繭自縛吧笨蛋。」廟歲冷冷地摸著肩上的靈貓。

的確如此。

白圓在敵人腦中所創造出來的一百尊變態的美佛，只要他的腦力持續，按理那些美佛都可以無限再生，但美佛無法無端端自我解除，一旦幻覺被困住，只有兩種情況下幻覺才會解除：必須等到被幻覺侵入意識的敵人全數死亡，或是施術者自己死亡。

一百尊美佛，只剩下孤伶伶的六尊還在蜘蛛陣外圍苟延殘喘地發掌，其餘都被絲線纏得無法動彈，脫困不能，從舉止異常的變態，變成狼狽異常的變態。

這下子眞是太糟糕了，遲遲無法解除幻覺的白圓一身冷汗。

五。

四。

三……二……一？

一百尊美佛全都就逮。

「接下來，只要找到你，一切就結束了。」

廟歲冷笑，他體內的「惡魔之耳」透過底下的巨型蜘蛛網，經命格的能量擴散出去。比起倪楚楚必須以咒蜂確認施術者的實體位置，命格能量的散射更加迅速與確實，更能竊聽到命格射程範圍裡所有人的內心話，可說是這個世界上所有幻覺施術者的剋星。

只花了十個眨眼的時間，廟歲就「聽到了」施術者焦躁不已的心跳。

抓著隨風飄落的絲線，廟歲輕輕一盪，落在白圓躲藏的大樓八樓陽台。

他一腳越過早被砲火摧毀的窗戶，大步走進走廊盡頭的某房間。

廟歲肩上的靈貓看著衣櫃，慵懶地喵了喵。

「出來領死吧，變態。」

廟歲淡定地看著衣櫃，撫摸著肩上的靈貓。

衣櫃毫無動靜。

「要我直接打爛衣櫃也是可以。」

廟歲轉轉脖子，一隻蜘蛛從頸後的刺青咒化而出。

喀喀喀。

衣櫃門無可奈何地開啓，渾身赤裸的白圓，滿臉通紅地從裡頭跨了出來。

「我警告你，即使不靠幻術……我……我也是不好惹的！」

白圓咬牙擺開架式，但顫抖不已的手掌已暴露了他內心的害怕。

比起他依照自身型態所創造出來的那些自戀美佛，白圓一點戰鬥氣勢都沒有。

「哈。」

廟歲整理了一下領帶，皮笑肉不笑：「很好，領死吧。」

即使不用最拿手的咒化蜘蛛助陣，單槍匹馬的廟歲也是格鬥高手，他深知過度倚賴咒術只會讓失去特定施咒條件的自己變成弱點，是以，幾十年來他從未間斷過武學上的鍛鍊。

這也是獵命師與所有白氏貴族之間的決定性差異。

廟歲一腳跨出，肩膀隱隱隆起，預備一拳將白圓的腦袋轟進牆上——

廟歲的腳掌被削掉了。

「？！」

廟歲啞然低頭，他的腳掌被從腳底下的地板衝出的電鋸給削掉一半。

無緣無故，哪來的電鋸？

第598話

還來不及反應，地板瞬間轟開裂開，廟歲往下摔落，落到下一層樓。

「喵！」嚇壞的靈貓跟著一起落下。

等待著廟歲的，是一把發出尖銳咆哮聲的巨型電鋸。

「喝！」

爲了保護靈貓，廟歲反射性舉臂格擋，被強烈剛氣包裹的右手臂就連斧頭也能震開，此時卻離奇地被由上而下的電鋸給削落。骨血紛飛。

廟歲往後急退，卻差一點因爲左腳腳掌被切掉一半而跌倒。

這一退，急怒攻心的廟歲才看清楚他的敵人。

巨大，魁梧，披頭散髮，了無生息，空洞，遲緩，黏著人皮面具的臉。

——早已死了無數次的歌德。

或許歌德就是這個世界上，最沒有內心思想的眞正怪物。

無法被竊聽，也無從被竊聽的經典殺人魔。

逼使命格「惡魔之耳」完全無從探悉的未知怪物！

「好傢伙！」

廟歲怒喝，左手臂揮出。

十幾隻瞬間從刺青圖騰咒化而成的蜘蛛甩出，撲向歌德面無表情的臉。

蜘蛛劇毒第一時間送進歌德的腦袋，卻絲毫沒有阻礙歌德的電鋸。

唰！

電鋸砍落，又砍落，又砍落。

不管怎麼說，歌德那種揮舞電鋸的速度看在任何武功高手的眼中，簡直就是遲緩又智障的不當招式，忽然被切掉腳掌已經很誇張，又送掉一條大好手臂更是大意過頭，面對歌德無間斷的電鋸進擊，廟歲一一從容閃開，身後的牆立刻被當蛋糕切爆。

生死交關，身經百戰的廟歲保持冷靜，內力匯聚，一拳命中歌德笨重的身軀。

廟歲的拳頭打在歌德胸口的瞬間，他感覺到的是——沒有。

什麼都沒有。

沒有反應。沒有交流。沒有愛。沒有恨。沒有感情。沒有動機。沒有生機。沒有動靜。沒有溫度。沒有故事。沒有彈性。沒有觸感。沒有敵意。沒有反抗。沒有神。沒有勝負。沒有止盡。沒有靈魂。

什麼都沒有。

就連廟歲自己擊中歌德身體、預備一股將其內臟炸裂的那隻手，也沒有了。

時間一定有那麼一刻爲自己的迷惘而停止了。

空蕩蕩的。

廟歲呆呆地看著自己空蕩蕩的袖子，又看了看那隻正在掉落中的大好手臂。

究竟是什麼時候，那種遲緩到即使是閉著眼睛也能輕鬆躲過的電鋸，砍中了自己抓住絕佳時機揮出的手臂？如此遲緩的大招式，湊巧砍中了自己千錘百鍊的手臂？

一向淡定的廟歲，在意識到自己「從此沒有手」之際，也無法淡定了。

他尖叫，他吶喊，他在房間與走廊裡以奇怪的姿勢忍痛狂奔，一路灑血。

以廟歲全力逃跑的速度，絕非歌德遲緩的身形可以追上。

但？

充滿威脅性的電鋸狂叫聲，幾乎是貼著廟歲的耳朵，如影隨形。

不合理

「喵……」

靈貓在廟歲身後慘叫，再沒有跟上。

這位早已做好死亡覺悟的獵命師高手，此時心中卻充滿了無法形容的恐懼，他無暇爲自己的愛貓悲傷，他只能全力以赴地往前跑！跑！跑！

身後的電鋸聲消失了。

狂奔中，廟歲的心忽然懸空。

「惡魔之耳」什麼也沒聽到。

連惡魔的耳朵，都無法聽見的計畫，究竟……

沒有任何合理性，電鋸的主人無聲無息從走廊轉角走出。

屈膝，歌德手裡的電鋸低擺。

失去兩隻手的廟歲來不及煞住，雙腳就這麼大大方方迎向電鋸。

剮！

「……」廟歲在空中高速拋飛。

他的兩隻腳則留在原地。

當廟歲啪搭重重摔滾在地上的時候，他感覺到最後的希望也隨著大量的血水噴離身體。沒有手。沒有腳。沒有戰士死前最後的尊嚴。

但塡滿廟歲腦袋的、那股從剛剛就沒有停止過的恐懼，也消失了。

沒有了四肢，即將死去的自己，又何須恐懼呢？

是吧？是吧？接下來不過就是死，別再讓恐懼淹沒自己了。

尖銳的電鋸聲又來了。

巨大恐怖的黑影籠罩住不得不趴在地上、臉朝下的廟歲。

他被翻了過來。

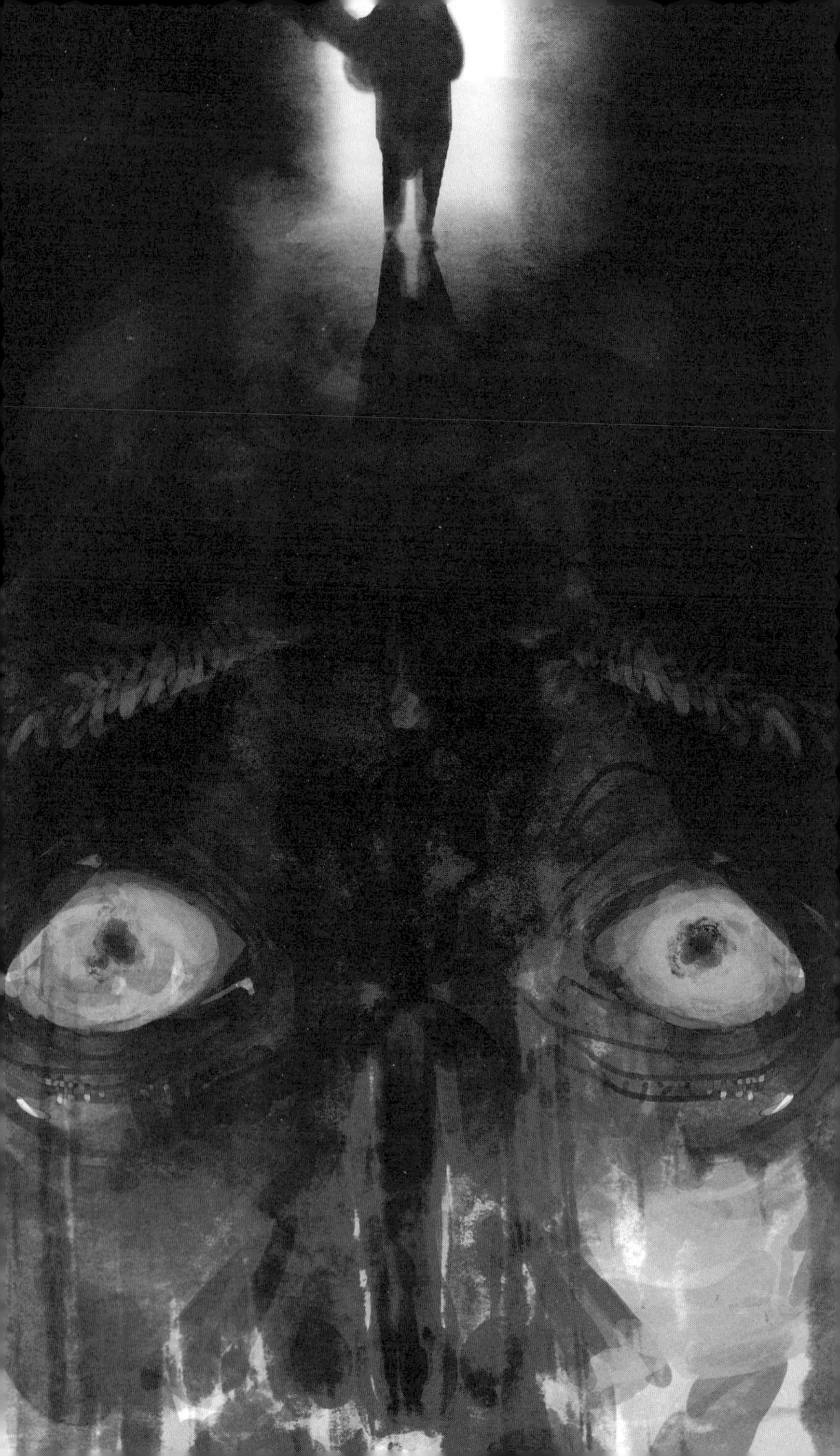

近距離看著那一張面無表情的巨臉，廟歲還是放聲哭了。

不是因爲歌德空洞的眼神，而是因爲電鋸落下的位置。那種爆炸又屈辱的痛苦，逼他想起了還有一個很重要的地方剛剛沒有被切掉，而那個地方正在被電鋸摧殘。

電鋸慢慢地切著，從廟歲的骨盆一路往上切，然後慢慢掉繞啊繞啊繞啊繞……超級不合理地在廟歲的身上繞過來又繞過去，直到電鋸離開這位獵命師的身體，廟歲才眞正鬆了一口氣。

歌德邁步走了。

接下來，總算是單純地斷氣了吧？廟歲感覺體內的「惡魔之耳」蠢蠢欲動，隨時會掙脫自己的身體，他有些辛苦地閉上眼睛。

大老遠跑來東京送死不是不能接受。

眞的，不是不能接受。即使用最簡單的數學來算，自己這一輩子也殺了那麼多吸血鬼，其中還包括了許多高手，夠本了。

但怎麼樣也想不到，自己會死在這種等級不明的敵人手上，還是那麼一點一滴的死法。這種結局眞是夠可笑的了，回想起來剛剛還逃得那麼害怕，還以爲身經百戰的自己面對死亡很有覺悟了，眞是……眞是太自以爲是了吧……

歌德的腳步停了。

廟歲的心原本該揪了一下，可惜他的心被切成兩半，無力揪那麼一下。
歌德又往回走，走到廟歲旁邊，慢慢蹲下。
到底自己這殘破的身體還能被怎樣凌虐？
爲了逃避恐懼，廟歲有點想自我嘲諷地笑。
但他試圖擠出的笑容慢慢被歌德徒手撕了下來，這點果然非常的自我諷刺。
歌德離開。
廟歲那張既恐懼又自嘲的表情，已黏在「它」的臉上。

強與弱，永遠別太早定論。
唯一確定的眞理是，最後活下來的，就是強。
廣場上的蜘蛛退化成模糊的咒語，風一吹，全給散了。

九把刀的秘警速成班（16）

比起以地理空間作為「國界」或「疆界」，用「時間」當作劃分區域的界線，更能合理描繪大核爆後的世界，所以有了「時間區」這一名詞。

所謂的時間區，並非指現在的時差概念，而是時間確實徹底地分離，在某地域裡自成一格，有的時間區是宋代，有的時間區是漢朝與明朝的混合體，有的時間區來自於更遙遠的未來，有的時間區保持著永恆的靜止，有的時間區落入了致命的永夜。不同的時間區存在著不同的勢力，在大部分的情況下，彼此的居民也都能互相自由穿越，形成一種時間認同混亂的奇觀。

第599話

東京無處不是一級戰區。

但這個區域尤其慘烈。

血氣沖天，煙硝瀰漫，血族戰士殘破的屍體與無法使用的戰具堆滿了整個街區，甚至有兩個道行不夠的白氏貴族被鎖定了本體，絕命於此……卻不見任何一個狙殺這些吸血鬼的戰士。

只有無線電對講機的軍用頻道裡，依稀可以察覺默默的存在。

「A區淨空。OVER。」

「B區淨空。OVER。」

「C制高區視野良好。OVER。」

「D制高區視野良好。OVER。」

這不是戰爭，是狩獵。

最高等級、最具技術的大規模狩獵。

不久前登陸的大漠之歌獵人團，三百名出身皇室衛隊的菁英，以守株待兔之姿殲滅了所有試圖經過此區的牙丸禁衛軍，他們隱藏的技術與攻擊的質量等同並論，即使在幻覺隕石墜落之後他們還保有兩百人的陣仗，顯示他們的確是獵人團裡眞正的菁英部隊。

現在大漠之歌才要遭遇眞正的挑戰，因爲他們的隱藏術在這個人的面前，根本如同在一望無際的白茫雪地裡赤身露體，那樣的顯眼。

白無。

血族的歷史，比人類還長。

但對於歷史，血族的看法跟人類很不一樣。

人類從文獻裡認識前人做過什麼事、從過往經驗裡汲取教訓，以求進步。

血族則從無止盡的歲月裡親自體驗歷史的殘酷。

——白無本身就是血族的歷史。

白氏五大尊者之首的力量，就以大漠之歌作爲綻放殘酷的舞台。

「藏得住身子，藏不住腦。」

面無表情的白無，有恃無恐地走在隱蔽身形的幻術幽影裡，慢慢走，慢慢走，走到了堆滿屍體的街區中央。停下。

白無舉起雙手，低眉冥想，雙掌之中各自迅速凝聚出了強大的「腦氣波」。

他的幻術與其他白氏貴族有個絕對不同的地方，白無捨棄了無差別的大範圍腦能力攻擊方式，他鍛鍊出投擲腦波的能力——這種看似愚蠢、限制攻擊範圍的招式，實際上卻換取了更恐怖的效果！

不斷在掌心膨脹的腦氣波，忽然被壓縮成了一個雞蛋大小的氣點。

「無所遁形。」

白無輕揮雙臂，雞蛋般大小的腦氣波朝兩側建築物射出。

腦氣波給飛擲到了建築物中央。

「裂！」

腦氣波極速膨脹開爲直徑二十多公尺的巨型腦漩渦，像是無形的腦炸彈，衝擊隱密躲在建築物裡的大漠之歌獵人團——壓力來了！

沒錯，就是壓力！

猶如瞬間被射進三千公尺以下的深海。

彷彿赤身露體被扔出太空艙。

「啊啊啊啊啊啊！」、「嘔嘔嘔嘔嘔嘔嘔嘔嘔嘔」、「啊啊啊啊啊啊啊啊啊啊啊啊！」、「啊啊啊啊啊啊啊啊啊啊！」、「嘔嗚嗚嗚嗚嗚嗚嗚！」、「啊啊啊啊啊啊啊啊啊啊！」、「啊啊啊啊啊啊啊啊啊啊啊啊！」、「嗚嗚嗚嗚嘔嘔嘔嘔嘔嘔！」、「咿咿咿咿咿咿！」、「嘔嘔嘔嘔嘔嘔嘔嘔嘔嗚嗚啊啊啊啊啊啊啊啊！」

十幾個埋伏其中的獵人仰起爬滿青筋的脖子，無法克制地張嘴大叫。

一股巨大的「壓力」鑽進獵人們的身體裡，將他們的血管膨脹成巨大的蚯蚓，撐裂筋絡，爆開眼球，即使拚命張大嘴巴也無法緩解的超巨大壓力，瞬間崩潰了他們的意識。

十幾個啊……雖然叫得很淒厲，但真不算是很厲害的幻術。

「……遭遇幻術攻擊，各小組找出施術者。」團長不慌不忙用無線電下令。

「收到。」各小組簡潔回應。

機槍朝四面八方射擊，試圖射殺藏匿在某處的白氏貴族。

大漠之歌獵人團團長很淡定，心想……雖然喪生的同袍不多，可眞正了不起的是，根本看不出來這十幾個同袍是中了什麼幻術死去的，這點眞是非常奇怪。

第一個到此闖陣的白氏貴族，帶來了一百多個無頭武士的沒水準幻覺。

被打成蜂窩。

第二個進來送死的白氏貴族，則讓所有人看見了大口呑噬四方的巨臉。

被打成蜂窩。

「第三個」白氏貴族的確是可怕的高手，搞來了一堆弄死兩方所有人的隕石群，自己也差一點整團全滅，但？但隕石不再掉下來了，看來無以爲繼，或者其實有別的獵人團已經解決掉他的本體了。

現在，這一個白氏貴族施展的幻術又是什麼呢？

不管幻術內容裡是什麼奇怪的怪獸，此人的腦能力射程範圍極爲有限，所以其他獵人根本沒有一起感應到，這點對己方很有利，根據這麼短的射程，此施術者一定很快被找到。

？

白無手中迅速凝聚成的壓縮腦波彈，再度鎖定獵人躲藏的地點射出。

「裂！」

腦波彈極速膨脹出可怕的腦能量，又飆出了十幾道慘烈的嚎叫聲。

迅速，確實，旁人根本無從察覺死法的幻殺！

「裂！」

又是十幾個人在一瞬間大叫斃命。

怎麼回事？

大漠之歌的團長感到深刻的毛骨悚然，這種完全沒有「幻覺體」的幻覺正迅速確實地殺滅自己的團員，而其他人根本什麼東西也沒有看到，才是真正的恐怖！

「裂！」

十幾個躲在制高點的獵人們一邊大叫一邊墜樓。

搞不懂……完全搞不懂啊！

「裂！」

五、六個在後方負責彈藥補給的獵人淒厲慘叫。

「各小組注意！全撤！」

團長大驚：「撤！全撤！」

「裂！」

這時，團長終於知道射程如此短的幻術內容是什麼了。

完全無法對抗的幻術鑽進了團長身上每一個毛細孔，一鑽進，就膨脹了所有能夠跟不能夠膨脹的東西，血管，淋巴，內臟，骨骼，肌肉——他張大快要抽筋的嘴巴咆哮，幾乎將體內的五臟六腑給嘔出來。

但最後嘔出團長嘴巴的，只是終極的恐懼。

一分鐘。

一分鐘爲所有躺在這條街上的血族屍體，討回了公道。

白無慢慢地在幽影中前進。

□

「喔，又有眞正的高手出現啦。」

凱因斯看著巨型子母螢幕，不斷發笑：「看樣子是白氏最頂尖的老頭兒。」

Z組織軍事衛星即時運算出來的能量圖，分析出白無獨特的出招方式，無庸置疑是血族裡超A+級的第一種子選手。

要派什麼樣的第三種人類強者跟他較量呢？

卡律布狄斯？赫庫力斯？

不，他們的身體再怎麼強壯，也承受不了那種來自體內的「壓力」。

還是直接叫出剛剛搞砸一場好比賽的梅杜莎？

梅杜莎的石化能力可以用在「壓力」之上嗎？「壓力」可以被石化嗎？

又或者，這又是一場無關能力，而是誰先制伏對方本體的搶先賽呢？

決定了。凱因斯按下戰略通訊鈕。

「梅杜莎注意，朝北方慢慢前進兩公里，預備接觸白氏能力者。」

「是的。」梅杜莎即刻回覆。

「我不透露對方的能力，總之說不定在妳之上，妳自己決定戰術。」

「知道了，就交給小的處理。謝謝凱因斯大人。」梅杜莎三首齊聲。

□

白無停下腳步。

不知出於什麼原因，白無看向天空。

□

Z-base海底城的螢幕上，出現了白無淩厲的眼神。

「這麼遠，也隱約感受到了我的窺視嗎？」

凱因斯很訝異，隨即讚歎不已：「看得我全身發抖呢！」

□

白無繼續前進。

第600話

天空降下了更多更多噴射降落傘。

不久，廣場一片灰濛濛。

隕石狂襲同樣對第一批空降的灰色十字架部隊造成了傷害，但更多的灰色十字架部隊都是在隕石墜擊後才一一空降，在血族與人類的軍隊都劇幅折損後，更凸顯出第三種人類的軍力優勢。

第三種人類軍團一加入，即將打破了連日來不上不下的均勢，「灰色十字架」，這個名字必然在「歷史」上成爲這場戰役的主角。

「嗚……唔……」此伏彼起的低吼聲。

怪物般的灰色猛獸一共有上百頭，散發出不祥的氣勢。

須記得，在這裡集結的每一頭灰獸，都是在台灣一〇一大樓裡上官無法全力一拳解決的相同等級，牠們半人半獸的姿態連鬼神都不寒而慄，何況是如此陣仗。

曾經與神道在美國洛杉磯苦戰過的卡律布狄斯，也乘著降落傘來了。

經過海底城的手術修復，牠異常巨大的身體從三百公分一口氣逼近整整四公尺，嘴巴依舊像蚌殼一樣左右開闔，喔不，牠的身體根本就是一張從頭頂打開到鼠蹊的超級大嘴巴——危險的超級大嘴巴。

「赫庫力斯，聽說你剛剛幹掉了一個誰啊？」卡律布狄斯羨慕地問。

「無關緊要的貨色。」赫庫力斯根本懶得理這個有口臭的巨嘴怪。

「我也好想幹掉眞正厲害的角色啊，眞的好想啊嗝……」

「等一下不要拖累大家就行。」赫庫力斯哼哼。

「什麼叫不要拖累大家？這麼神氣，當自己眞是總司令啦！」

一個穿著灰色寬大衣的女人緩緩從降落傘托住的圓形膠囊裡走出。

女人當然是一身灰色皮膚，露出兩排尖銳的灰色牙齒。

灰色女人笑吟吟的：「累了嗎？想聽首歌休息一下嗎？」

來者，當然是曾經差點讓三名神道組員在洛杉磯栽觔斗的塞壬，她的歌聲可是優美到，令每一個聽曲的人都得付出昂貴的代價——變成她的奴隸。

赫庫力斯瞪著她：「既然來了就來了吧，各自做好各自的事。」

「是，咱們看看誰能夠立下大功。」塞壬幽幽說道，打量著巨靈神般肉體的赫庫力斯：「到時候要是我摘的腦袋最多，回到海底城，我要凱因斯大人將你賞給了我。」

主帥赫庫力斯不再理會這兩個能力特異的夥伴，逕自在廣場上進行隕石災難後的灰色十字架大整隊，打算彙整所有的兵力立刻攻進地下皇城，進行種族清洗。

而這一場最後戰役，聲勢浩大的灰色十字架並沒有邀請獵命師等人同行。

或者更精確的說，這些灰色的戰士，根本對其餘膚色的人完全不屑一顧。

明明就帶著相同的目的，可遠遠看著這灰撲撲的一幕，不只烏拉拉等獵命師感到有哪裡不對勁，宮澤的心裡也有說不出的煩躁。

「怎麼了你？」有些彆扭的烏拉拉還是開口，手裡牽著驚魂未定的神谷。

「我對這些人的出現，感到非常的……不以爲然。」宮澤直說。

「爲什麼？他們跟我們應該是同一陣線吧？」漢彌頓倒是沒什麼特別想法。

對漢彌頓來說，願意打倒吸血鬼政權的幫手越多越好，即使他們的皮膚顏色跟自己很不一樣。這是很實際的計算。

「暫時我也說不上來。」推了推眼鏡，宮澤深呼吸：「總之，這種時機，好像根本就是爲了他們登場所準備好似地，我有一種很厭惡的感覺。」

沒錯，宮澤僅僅是欠缺最直接的證據而已。

這一場天下大亂來得實在是太無厘頭了，血族不僅沒從中得到什麼好處，還在自家門口惹來一頓打，打得這個血族之國幾乎爬不起來。人類也討不了好，諸國一逕放棄了追根究柢的談判，千里迢迢跑來送死。得利的到底是誰呢？

在宮澤的眼中，「這些灰色的東西」看起來太興奮了……他們大概是全東京裡唯一想動手，卻也是唯一最沒有理由動手的人吧？

比起宮澤滿肚子的狐疑與不信任，烏拉拉倒是直接走到正在集結大軍的赫庫力斯旁邊，大剌剌問道：「你好，我叫烏拉拉，第一次見面。」伸出手。

「……赫庫力斯。」赫庫力斯皺眉，直覺地伸出手。

等到赫庫力斯察覺自己之所以伸出手，不過是本能地呼應烏拉拉伸出來的那隻手時，他已經來不及拒絕這一個典型的社交行爲。

兩人握手，烏拉拉感覺到赫庫力斯的手上透著極度旺盛的強悍……

這個將能登守平教經一招格斃的男人，擁有超雄的實力，以及正面的精神能量，還有……與跟哥哥相似的傲氣。

「你們為什麼都那麼灰啊？」烏拉拉直率地問。

「……我們跟你們不一樣。」赫庫力斯傲然。

「嗯啊，你們比較灰。但你們為什麼那麼灰啊？」烏拉拉鍥而不捨。

「總之，有一天你們也會跟我們一樣。」赫庫力斯將手放下。

「好吧，那請問你們為什麼可以操縱命格的能量？對了還沒先說呢，我是一個獵命師，我剛剛發現你們操縱命格的方式跟我們很不一樣，你們似乎有時間限制。不過不是獵命師的人，也可以操縱命格，這眞的是聽都沒聽過喔……」烏拉拉轉頭看向初十七、老麥、谷天鷹三個人。

他們三個人完全不作聲地看著烏拉拉。他們也很想知道答案。

「……」赫庫力斯以沉默取代了回答。

「是祕密？」

「……」赫庫力斯的臉色很難看，看樣子耐性已到達極限。

「好吧，這一題先跳過。說起來我見過你的灰色屬下一次，當然他們穿得跟現在不太一樣，但他們的磁盤攻擊非常厲害，還差一點點點點點就把我給殺了，讓我想忘記都很有難度呢。不過算了我想是一場誤會，沒事，畢竟你們的目標也是血族的地下皇城，我沒說錯吧？」烏拉拉廢話連篇，卻是廢中帶問。

「我們接手了這一場戰爭，接下來你只要在旁邊看著就行了。」

「看是一定會看的，不過，就算你們有夠強，多我們幾個幫手總不壞，所以我們打算跟著你們了，是吧？」烏拉拉看向漢彌頓與宮澤，他們兩個只好點點頭。

烏拉拉又看向谷天鷹等三人：「你們三個應該也會一起打吧？」

三人沉默不答。

「你們到底想做什麼？」赫庫力斯瞪著烏拉拉。

烏拉拉笑嘻嘻地說……

「當然是幹掉徐福啊。」

谷天鷹、初十七、老麥三人一凜。

他們冒險來到大戰在即的東京，表面上是想要幹掉烏家兄弟以防止肆虐數百年的詛咒應驗，事實上，他們只是想殺死烏家兄弟一洩心頭大恨。

現在，經歷了幾場死鬥後，他們才終於明白，烏家兄弟口口聲聲想幹掉徐福破解詛咒，這個傳說，是真的。

這些年來……不，這幾百年來，逃的，一直都不是烏家兄弟，而是——

所有忙著互相殘殺手足的，每一個獵命師。

在烏拉拉腳邊繞來繞去的紳士忽然停住，朝遠方喵了一聲。

「如果要幹掉徐福的話，加我一個啊！」

爽朗又粗獷的聲音，穿越那一道崩開建築物的巨大掌形空洞，走向眾人。

「嘿！好久不見了，送我『千軍萬馬』的好小子！」

陳木生大搖大擺地走過來，他一身髒污，臉上還掛著剛乾的淚痕。

在這場大戰裡，他連暖身運動都還沒做夠呢。

「啊？是糖炒栗子大叔！」

烏拉拉認了出來，高興地遠遠揮手：「我就知道你死不了。」

粗手粗腳的陳木生還沒走近，初十七、老麥與谷天鷹就感覺到一股無與倫比的霸氣壓了過來，這股氣令烏拉拉既陌生又熟悉。

陳木生走到眾人面前，有些靦腆地用眼神向大家示了意。

神谷被陳木生身上連月沒洗澡的臭氣熏了一下，有點不支，趕緊抓了烏拉拉的手才沒有跌倒。神谷沒跌倒，烏拉拉倒是差點摔在地上。

「啊！你將『千軍萬馬』煉成了——『霸者橫攔』！」

烏拉拉驚呼，其他三名獵命師也嚇了一跳。

對所有的獵命師來說，「霸者橫攔」這一命格有著非比尋常的意義。

那是先祖烏禪長期鎖在身上的命格。

那是曾經與血族大魔王徐福決一死戰的大命格。

當然也是，代表著無限勇氣的勇者命格。

現在，他們即將與這個傳奇性的命格並肩作戰，一起……扭轉詛咒？

「說起來眞的好巧啊，後來我跟你哥哥認識上了，他啊，眞是一個很彆扭的傢伙。」陳木生哈哈一笑：「我還不認識你，但看了一眼，就知道你完全就跟他說的一樣，是一個很奔放的傢伙啊！」

「是嗎！你跟我哥哥……遇上了嗎！」烏拉拉又驚又喜。

「豈止遇上，他跟我變成了在死鬥空間一起打怪的好朋友啦哈哈哈！」

死鬥空間是什麼，烏拉拉聽都沒聽過，一起打怪又是怎麼回事，烏拉拉也不可能了解，但只要是關於哥哥的一切他什麼都想知道，烏拉拉興奮地叫陳木生從頭說給他聽，陳木生只得猛抓頭，把烏霆殲與他如何相遇的過程娓娓道來。

初十七等人在一旁也聽得一愣一愣的。

「是不是！我就說我哥哥很強的吧！」烏拉拉握拳，尖叫：「眞想快點看看他發射那支大龍砲的樣子——轟隆！」

「是啊，那支砲就連我的鐵砂掌都抓不住呢！」陳木生摸著頭哈哈大笑。

神谷拉著烏拉拉的手，跟著高興起來。這趟旅程中烏拉拉滿口都是他那英明神武的哥哥，想來馬上就可以看見本尊了。

好久沒見到大哥的紳士，也在小內貓旁邊興奮得不停繞圈。

在這種兵荒馬亂的東京大劫裡，能有這一場溫暖的對話，實在是太奢侈了。

「咦？」烏拉拉忽然看向城市的另一頭。

現場四隻靈貓也同時機警撇頭，望向烏拉拉視線去處。

東京正逢大亂，各式各樣的命格都在這裡亂竄，毫不奇怪。

但他們發現有一個命格，正以極不正常的方式迅速茁壯。

就連沒有命格感知能力的赫庫力斯都察覺到了，他本能地看向同一個地方。

那裡，正發生著令東京所有強者都難以忽視的，異變。

第601話

老大絕對不能死在這裡。

大鳳爪扛著宮本武藏，在煙硝四起的城市之巔慢慢跳躍著。

宮本武藏早已失去意識，命在旦夕。

大鳳爪的視線也因失血過多與身負重傷，越來越模糊。

然而吸血鬼的嗅覺敏銳度在此危急時刻，發揮到了最大程度，大鳳爪遠遠就聞到了熱騰騰鮮血的氣味，衝進一戶門窗緊閉的民宅，將躲在衣櫃裡頭的一家四口的喉嚨通通給咬開，喝了個痛快。

大鳳爪的身體，以極快的速度自我修復著。

「老大，無論如何喝一點！」

大鳳爪單手擠著一個小女孩的脖子，就像擠檸檬一樣榨出紅色的汁液，淋在宮本武藏乾癟的嘴唇上。宮本武藏氣若游絲，只能被動地讓血液順著食道滑進胃裡。胃輕輕抽動，生命機制一點一滴慢慢活轉過來。

他知道，宮本武藏如此強悍之人，只要讓他抓住一線生機，恢復甦醒只是時間問題，說不定只要持續補充新鮮的人血，兩天不到，宮本武藏就能百分之百地復元吧。

總算可以鬆了一口氣，大鳳爪欣慰地看著自己空蕩蕩的斷手處，這條陪著自己扭斷無數強敵頸椎的大好手臂，以及那一幫死命截住聶老的兄弟們，才斷送得很有價值。

然而，很遺憾。

一道小小的影子出現在破碎的窗邊。

大鳳爪沒有料想到的是，他再怎麼逃都無法逃過獵命師的追捕。只因宮本武藏身上的命格「逢龍遇虎」，天生就會召來強敵！

大長老白線兒，瞇著眼睛看著倒在一家子屍體中間的宮本武藏。對任何一個吸血鬼來說，沒有比這個可能性更差勁的巧合了。

大鳳爪沒有看過白線兒，甚至也沒聽過白線兒，但這一隻貓才剛剛出現在窗邊，大鳳爪就打了一個冷顫，感覺自己一腳已踏入死亡地獄的幽谷。

「婦人之仁，一個個都成不了大器。」

白線兒開口說話了。

一隻會開口說話的貓咪，完全沒嚇到大鳳爪。

他只是不停地大口喘氣緩和緊張，他連爪子上都冒出斗大的冷汗，彷彿稍一鬆懈，還沒動手，精神就會馬上被壓垮似地。

而白線兒的心中，卻是難以想像的複雜。

打從在「時間靜止」的那一刻開始，白線兒就一直處於心神不寧的狀態。耳朵裡好像有一個細微的聲音不停對他呢喃，叨叨絮絮，幾乎直接往裡搔刮著他的心深處，清晰到連最精微的細節都被放大了一百萬倍似地。可白線兒想要仔細把那聲音聽清楚，那聲音卻又模糊到完全無法辨識。

白線兒不是沒有懷疑過，那聲音是來自血族白氏貴族的幻殺伎倆，但白線兒施展精神之牆隔絕來自外界一切騷擾的時候，那聲音卻又更加清楚！當精神之牆將白線兒封閉在最安全的自我世界裡時，他幾乎可以確定，那細微之聲不是來自外界，而是來自他自己。

這意味著什麼呢？

爲什麼他自己的心深處，會不斷發出某個他根本無法意識到的提醒呢？

想聽清楚卻不可得，但最後的結論卻非常明白，因爲那無限重複的聲音已在白線兒的心深處播下了清晰的、意識銳利的種子。

那來自自己內心深處的聲音，想讓白線兒在最短的時間內找到宮本武藏，然後用咒語激發他體內的「逢龍遇虎」快速成長爲「萬將論劍」，即使只有短短一刻的不成熟擬態也好，務必，馬上，要讓宮本武藏的命格擬化到「萬將論劍」！

爲什麼？

不知道。

但穿進白線兒意識深處的那聲音，帶著毋須懷疑的信賴感，簡直就像是……

「簡直就像是，說給我自己聽一樣。」

白線兒若有所思地點點頭，身上緩緩冒出和煦的白光。

「你要做什麼！」大鳳爪奮力吼出這一句，手上的利爪青筋暴露。

做什麼？

白線兒懶得回答，尾巴隨意一甩，一道乾淨俐落的雷電就將大鳳爪轟出屋外。

好吧，不想思考了。

既然已經決定信任那個無法拒絕的聲音，就不妨快點看看結果。

白線兒低聲念咒，白光閃現，將體內儲存的命格能量部分導入宮本武藏的身體裡，迅速餵養早已飢渴的命格「逢龍遇虎」，源源不絕。

「逢龍遇虎」貪婪地吃食來自白線兒提供的能量，拚命地成長、成長、成長。

宮本武藏的身上發出強烈的異光，那正是命格蛻變的前兆。

連智者白線兒都意料不到的答案，很快就會揭曉。

九把刀的秘警速成班（17）

比起獵命師，煉命師更加的神祕與稀少。有人說煉命師也是一種特殊的血統造就，但也有人認為煉命師是一種後天能力的罕見職業，不存在著血統限定。

獵命師可以將天底下的種種命格捕捉到手，但煉命師可以對各種命格做出神奇的改造，或是將命格的構造徹底毀滅，使之轉化成純粹的能量。

煉命師可遇不可求。

有此一說，Z組織之所以能夠研發出捕捉命格、複製命格的特殊技術，一定有一個神祕的煉命師在背後支持。

第602話

東京，正處於世界歷史的交界點。

這個城市已經徹底跟外界斷絕聯絡，無人知道裡頭發生了什麼事。

事實上，這個城市裡上演的每一場戰役，都正在改變人類與吸血鬼的歷史。

一百顆大小隕石墜落在東京之際，不管是人類聯軍或是血族聯軍，都是傷亡慘重。人類陸戰隊好不容易用血淚在東京各處建立起來的防禦點都遭到致命性打擊，面臨瓦解，更可怕的是，擁有強大軍事支援能力的航空母艦艦隊群竟然整個被隕石打爆！

對外界來說，人類看似失敗在即，但佔了地利的牙丸禁衛軍與日本自衛隊也死傷無數，莫名其妙的災情不斷傳進地下皇城的總指揮部，失敗這個字眼更合適此刻血族的命運。

牙丸無道靜靜地看著偌大的螢幕，螢幕上充滿了絕望的畫面。

東京十一豺轉眼被滅。

白氏五大尊者，只剩下最受信賴的白無孤身進擊，以及最無法被信賴的白圓。

而白氏貴族的後輩中，只剩下白刑的鉛人部隊勉強牽制著獵人團的步步進逼，其餘都被莫名其妙宰掉。

同樣擁有幻殺能力的神道成員都在境外進行任務，緩不濟急，且多半失聯。

就算是擁有最強名號的樂眠七棺也幾乎戰力全失。

牙丸傷心早早歸天。

宮本武藏幾乎可說是命懸一夕。

八岐大蛇不敵軍艦，早就逃之夭夭。

服部半藏與安倍晴明生死未卜。

武藏坊弁慶被一拳打飛，生死不明。

能登守平教經更遭敵人圍攻殺害。

封印源義經的石棺被敵人盜走更不用提。

實力可與樂眠七棺相提並論、號稱當今血族第一高手的阿不思，看似被飛彈炸死，而她所率領的淚眼咒怨精銳也跟著屍骨無存。

——絕非血族太弱，而是敵人眞是太強大了。

被寄予反攻厚望的冰存十庫大軍，消耗到現在只剩下不到三庫的實力。現在最完整的戰力，大概就是冰存十庫尚未出征的各五千名伊賀忍者與甲賀忍者吧。但，比起一般冰存戰士擅長的衝鋒陷陣，精於神出鬼沒的忍者眞的適應得了現代戰爭的戰場嗎？與其派忍者出征，不如將這些戰力當作與人類和談的籌碼？

幾個將軍與參謀都在默默觀察牙丸無道的反應。

承認終於走到了絕境吧？這種絕境也是可以預期的吧？

果斷接受失敗吧？跟敵人和談吧？爲了血族屈辱的未來進行談判吧？

不屈不撓戰死至全族俱滅的勇氣，究竟有什麼意義？

二次世界大戰怎麼落幕的，現在不也可以再來一次嗎？

只要留有一線生機，我族就有復興之日，歷史不就是這樣告訴世人的嗎？

如果將現實請示血天皇的話，血天皇一定能理解和平的意義吧？

這些念頭當然在牙丸無道的心中已響起了無數次，而現在幾乎宣出於口。

整個戰略分析室的紅燈大亮。

所有將領猛然回頭。

「還有多少兵馬?」

一個身著黑色火焰盔甲、騎著一匹黑色火焰戰馬的男人，堂堂出現在門口。

這個渾身充滿火焰的男人，散發出無以言喻的魅力。

凌駕於一切的權力，超越所有的謀略，那是純粹的凱旋之氣。

戰馬輕步，穿著火焰盔甲的男人來到眾將領之間。

彷彿看見了巨大的黑暗恆星，所有將領不約而同跪了下來，戰戰兢兢，額頭頂地，混雜著恐懼與崇拜的汗水從頭頂流出，滋潤著戰馬的火蹄。

只有迷戀權位的牙丸無道還咬緊牙關，撐著雙腳不使跪下，絕不輕易屈服。

不管來者是誰，現在在地下皇城發號施令的，可是——我！

是我！牙丸無道！

縱然很想開口質問，牙丸無道卻連直視這個穿著火焰盔甲的男人也無法辦到。

只見穿著火焰盔甲的男人，一言不發，一隻手舉重若輕地放在牙丸無道的頭上。

那姿勢，就像是一個天生的王者，萬物眾生皆在其下的氣度。

慢慢地，牙丸無道的五官因過度痛苦扭曲起來，黑色的火焰冒出了他的頭頂，冒出了他的眼耳口鼻，牙丸無道對這場戰爭的所有解讀，變成了意念的咒，隨著其意識的終結化作一道黑色的魂煙，給吸進了穿著火焰盔甲的男人體內。

一切都明白了。

點點滴滴，都知道了。

牙丸無道想儘速終結這一場戰爭，他同意。

他完全同意。

「每個人都殺掉一百個敵人，我們就能勝利了吧？」

這個男人不是血族最後的戰力。

這個男人就是血族所有的戰力。

戰神源義經，登場。

第603話

現在東京最多的，是什麼呢？

是煙？是火？是斷垣殘壁？

都不是。

眼下東京最多的，是屍體。

新鮮死透的屍體。

屍體可以拿來「廢物利用」的方法並不多，溶脂造肥皂，饑荒拿來吃，大體解剖研究，標本展示，以下恐怕是CP值最高的一種。

殺人公與殺人婆站在臭氣沖天的街道上，看著獵人、牙丸禁衛軍、日本自衛隊、美軍陸戰隊、來不及逃生的民眾的屍體，全都亂七八糟地堆疊在一起。

在他們的眼中，不管生前是什麼模樣身分階級性別，死後一律平等。

「開始吧。」

殺人婆從瘦小的靈貓身上取出一個陰暗寒冷的大怪命，在掌中不安擾動。

小靈貓不禁打了一個冷顫。

「命力劇拓，百鬼夜行！」

殺人婆喃喃施咒，將指掌間極其恐怖的命格「百鬼夜行」，分散拓展到眾多屍體身上，隱隱約約有一種異色光芒覆蓋住屍體，恍若鬼火。

接著，便是殺人公駭人聽聞的手段登場。

陰風陣陣，一股令人作嘔的陰暗命格能量在殺人公的體內流竄出來，其氣之寒，幾乎快凍結了這附近所有的空氣。

「穢土擒屍——」

殺人公雙手一揚，咒力四射，黑壓壓注入地上的屍群。

這種幾乎被獵命師遺忘的古老咒術，被施展到最高境界：「眾鬼聽令，起！」

咒術「穢土擒屍」加上命格「百鬼夜行」，無法挑剔的恐怖搭配，令數百具死於非命的屍體慢慢睜開早已蒙了一層白膜的眼睛，姿勢怪異地爬了起來，速成出一支最接近死亡的活屍軍隊。

「噫——噫——噫——噫——」

數百活屍發出不情願從地府回到人間的哀號聲，陰氣逼人。

□

深海。

依舊是讓人摸不著頭緒的Ｚ組織海底城。

「什麼？操作屍體？這種能力未免太棒了吧？哈哈哈哈！」

凱因斯瘋狂拍手，笑到連眼淚都流出來了。

眞的是太棒了。

爲了讓這場屍體的秀更加好看，凱因斯忍不住按下通訊鈕，發布最新命令給灰色十字架軍隊：「全軍注意，這裡是Z-base，暫時別靠近品川區跟目黑區。重複，暫時別靠近品川區跟目黑區。完畢。」

語畢，凱因斯忽然從活屍軍團看似沒有章法的行進路線圖中，感覺到一種微妙的可能性，於是他趕緊下了第二個指令。

「梅杜莎注意，不要去挑戰白無了，原地等候更新的命令。」

「是……但小的，很有自信收拾白無。」梅杜莎立即回傳。

「別妨礙我看戲。」凱因斯嚴厲地說。

「是，遵命。」

□

屍體的秀果然越演越誇張。

領著數百頭怪聲怪叫的活屍，殺人公婆在東京裡慢慢走著，遇到了不長眼的「任何人」，不論其勢力歸屬，只要他們膽敢朝活屍們攻擊，這群活屍就一擁而上，亂咬亂打。

而「百鬼夜行」的命力，就透過活屍的攻擊行爲迅速「感染」到了這些倒楣的攻擊者身上，只要攻擊者一氣絕，就馬上成爲了新的活屍，順勢變成活屍軍團的一份子。

如此這般，殺人公與殺人婆在東京裡走得特別慢，因爲他們一路走，一路召喚起更多布滿街道的屍體，一路用屍體製造更多的屍體，更多的屍體又製造更多更多的屍體。

走著逛著撿拾著，不知不覺這兩個年紀加起來超過一個朝代的超級老獵命師，已輕易拼湊到了三萬多頭活屍，而這個數量還在快速增加中。

即使是殺人公婆，這種數量也輕鬆超過了他們此生所遇的記錄，而且這些活屍的質素也大幅超越以往的蒐集品，因爲這些活屍生前大都是驍勇善戰的戰士，肉質強韌，兼又剛死不久，簡直就是極品中的極品！

這一支逼近四萬的活屍軍團，所向披靡，竟成了目前爲止在東京地區最強盛的軍容，勉強說起來，這個看起來跟正義一點也搭不上關係的活屍軍團竟算是人類陣營的一種變形，非常諷刺。

而現在，打算在這條街擋住這四萬活屍的，是這一個老人。

「到此爲止了。」

幽影底，一雙白光發亮的瞳孔。
白無的手上，凝聚出兩球瞬間壓縮的腦波彈。
血族末路，英雄登場。

裂！

第604話

十幾頭活屍愣了一下，隨即像是絲線被剪斷的木偶般癱軟在地。

然後又是十幾頭活屍倒下。

倒下。倒下。

在白無的超級壓力腦波彈的攻擊下，活屍一群一群中招倒地。

弔詭的是，活屍其實就是已死之人所咒化而成的活動屍體，只因爲剛死不久，大腦還存在著最微弱的神經反應能力，才會在「穢土擒屍」的咒語下得到最強的活動能力，可也因爲這一點，屍體大腦意識尚未完全消失，所以還是會接收到白無的幻覺攻擊，在大腦深處產生超級壓力的「指令」，令其癱瘓。

「喔……終於來了高手。」

殺人公面無表情，稍微動了動手指，牽動咒語與命力。

雖然不知道活屍們是中了什麼招式才倒下，但那或許並不重要，重要的是，死過的人有一個很特別的好處……一陣陰風吹拂，剛剛中了幻殺倒下的所有活屍全都站了起來。

這群活屍死了又死，死了又不能再死，恰巧就是幻覺攻擊法的天敵？

白無一凜，這種情況他完全沒看過，甚至也沒想過。

「豈有此理？」

白無手中不斷彈射腦波彈，快速攻擊那些倒了又再起的活屍。

來自宇宙深處的壓力大放送，那些活屍依舊中招倒地，過了幾秒卻又巍巍峨峨地站了起來，好像死亡不過是一種可以重複體驗的廉價招待券。

這下白無真的傻眼了。

原本打算演出一人殺敗四萬活屍的戲碼，現在卻陷入了無法施展奇術的困局。

「看看那個高手藏在哪裡？」

殺人婆在意念中下令，讓四萬活屍暴動起來，瘋狂在四周尋找施術者的蹤影。

但白無躲在用精神之力構築成的「幽影」之中，大大方方地站在活屍之中，可那些笨手笨腳的活屍根本找他不到。許久，那些亂動的活屍只是白白浪費咒力而已，依舊徒勞無功。

「看樣子用一般的方法找不到那位高手。」殺人公喃喃。

「所以要用上不一般的方法。」殺人婆嘆氣。

語畢，殺人婆閉上眼睛，潛心將意念化作尖銳的精神力，朝四周散射出去。

這種能力就像雷達，本意是用來搜尋附近的夥伴所用，搜尋到夥伴之後，就能像大長老白線兒一樣與鎖木進行遠距離溝通，這種心靈雷達技術是否能用來尋找「幽影」這類的，殺人婆其實並不知道，但只要對方有一點點的反應或許就足夠鎖定位置了。

不論是幻術或咒術或忍術，能力者的戰鬥大同小異，直接幹掉本體就是取勝的最捷徑，這個道理對白無來說也是一樣，唯一的勝算就是找到控制這群活屍的施術者！

——幻殺對活屍沒用，但對施術者可截然不同！

但操弄屍體者暗暗躲在四萬活屍之中，要找到此人談何容易？

正當白無思索尋找方法時，殺人婆的精神力雷達觸碰到躲在幽影裡的白無。

殺人婆陡然睜開眼睛。

白無同一時間朝精神雷達的根源彈射出手中的腦波彈！

「起！」殺人婆當機立斷。

數十頭活屍衝向腦波彈，硬生生搶先承受住腦波彈的攻擊，整排倒下。

「爆！」

殺人公一聲，咒力催動。

正好在白無幽影四周的幾十頭活屍同時自爆，用屍體體內的命格之力將幽影的結界震碎，暴露出白無的本體行蹤。

「現形了吧！」殺人公凝神操咒，大量活屍一擁而上。

別放棄，還有機會！

白無以前所未有的速度凝聚出數枚腦波彈，不斷往四周飛擲，將逼近的活屍盡數震倒，其中一枚腦波彈還不偏不倚地射向殺人婆的所在位置。

要知道，原本跟「頂尖高手」一詞根本無緣的殺人婆，居然在漫漫歲月中活到可以成爲頂尖高手的年紀，靠的是什麼？靠的可不是硬碰硬廝殺的覺悟，而是絕對不要硬碰硬的逃命直覺！

搞不清楚對方的實力與手法，殺人婆果斷迅速飛退就對了。

「裂！」

白無大喝，射向殺人婆位置的腦波彈飛速膨脹、膨脹、膨脹！

三十幾個活屍癱倒，卻偏偏讓殺人婆千鈞一髮地逃掉。

剛剛倒下的上百活屍重新站起，原本就沒倒下的活屍更是搶先衝上，幾乎就要撲倒看似弱不禁風的白無，但白無猶作困獸之鬥，手中腦波彈連凝連發，將四面八方圍住他的活屍一排又一排震倒。

活屍永遠有辦法重新再站，源源不絕，卻也前仆後繼地倒在白無的超級壓力幻殺之下。白無這一個困獸之鬥，當眞是極爲漂亮的困獸之鬥。

殺人公與殺人婆遠遠地站在腦波彈的射程範圍之外，觀賞著白無最後的苦戰。

他們明白，這一場戰鬥已經分出勝負了。

活屍其實一點也不活，所以也無法繼續再死，終究會漫漫將白無的精神能力耗盡，等到白無油盡燈枯，他們就會獲得一具能量特別高的新活屍。催動能量特別高的活屍自爆的話，效果總是特別特別的好。

「稍微快一些好了。」

年紀一大把了，斷金咒也是略懂，殺人公伸手扭斷一根細鋼筋，瞄準正困在活屍大軍之中的白無，用力一射。

呼咚——鋼筋貫穿白無的右胸，幾乎直接將他釘在地上。

白無眼前一黑，彷彿看見了自己的末日。

被自己殺倒數十次的活屍們瘋狂擁上，嘶吼聲近在咫尺。

猛地，活屍倒下。

「謗佛者死！」

一百個醜到不行的裸佛赫然出現在白無身邊護法，將群起而上的活屍瞬間打退。

「白無老友！對不起我來晚了！」白圓氣喘吁吁，卻一臉欣喜地跑向身受重傷的白無：「記得嗎！我們可是命中註定的好朋友啊！」

是啊，不苟言笑的白無，那一個總是對自己不理不睬的白無，那一個鄙視輕視無視自己的白無，正是數百年來自己最想交朋友的對象啊！

即時趕到，白圓狂喜：「呼……呼哈！現在我們終於可以並肩作戰啦！」

「……」白無冷冷地拔出刺入右胸的鋼筋。

「我真的很有才能，我苦練出來的美佛攻擊對付這幾萬大軍，也是綽綽有餘！」

白圓興奮至極，對白無的漠然一點也不介意：「呼呼！我知道你對我一直有些誤解，無妨，現在就讓你看看我夠資格當你朋友的證據！看我怎麼教訓這些愚昧眾生——」

「淨化！」

百佛出掌又出掌，在屍陣中橫行霸道，無數活屍給氣掌震飛。

可那些活屍歪七扭八地重新站起，根本就不當那些裸佛一回事，還撲倒了幾個裸佛亂咬亂啃。

「這些是什麼怪物！怎麼殺也殺不死啊！」白圓大吃一驚。

「……」白無痛到無法回嘴。

「喂喂！怎麼好像有些不對勁啊！」白圓越打越嚇。

「……」白無只能勉強凝結意識，在亂陣中尋找殺人公與殺人婆。

如果他還有辦法扔出腦波彈，一定要想辦法扔中他們。

「他們是不是死人啊？喂白無！」白圓忍不住驚慌起來：「有些不妙啊！」

「……」白無終於看見了殺人公與殺人婆，但那個位置根本就是腦波彈無法射到的距離。想接近他們，自己又傷到如此重，難道眞的一籌莫展了嗎？

「……」

「白無！如果我們今天死在一起，也算是一種手足之情的無奈吧！」

「白無！你說我們都死在一塊了，是不是稱得上手足之情了！」

「……」

白圓如願以償與一心嚮往的白無並肩作戰，卻打得手忙腳亂，尤其那些不斷倒下的活屍，其腦中微弱存在的意識隨著死去太多次，變得越來越稀薄，要在這些活屍的腦中灌輸進可怕的幻覺也越來越不容易，可以想見，這些活屍眼中的裸佛影像已經越來越模糊。

殺人公與殺人婆遠遠觀戰，對亂入的白圓與他帶來的幻術完全不感好奇，但白圓的百佛裸殺的確勉強壓制住了活屍的陣勢，持續力不明，這樣等下去只是歹戲拖棚。

「一樣。」殺人婆同樣從傾頹的建築物裡抽出一根斷裂的鋼筋。

「結束吧。」殺人公的手裡則是兩條略微扭曲的鋼筋。

三根鋼筋同時脫手，遠遠的，又勁又準地射向被活屍困住的白圓與白無。

終結抵抗。

終結血族最強的幻殺之盾。

終結……

唰。唰。唰。

三根鋼筋，就像三根乾癟的火柴棒，輕易地給捉在那隻纖細的手裡。

「沒想到，牙丸也有跟白氏聯手的一天。」

三根鋼筋飛射回殺人公與殺人婆的方向。

原本想用氣掌將回擊的鋼筋震開，但兩老馬上就發現勁頭不對，即時閃開。

鋼筋整個擊毀了兩老身後的水泥牆後，還不斷往後亂飛！

圍困住白圓與白無的活屍大軍，登時崩裂出一條屍屑狂噴的血線。

如風。

颶風。

由世界上最暴力的拳頭所颳起的颶風。

颶風吹起了張牙舞爪的屍體，將其颳裂成無法拼湊的模樣。

有那麼一瞬間，白無在心底激動發誓。

發誓，如果今天不是血族在這個世界上的最後一日，那麼……

白氏願與牙丸永結死生之交。

一打四萬，唯我……

「牙丸，阿不思。」

《獵命師傳奇 卷19》完

《獵命師傳奇》卷二十．預告

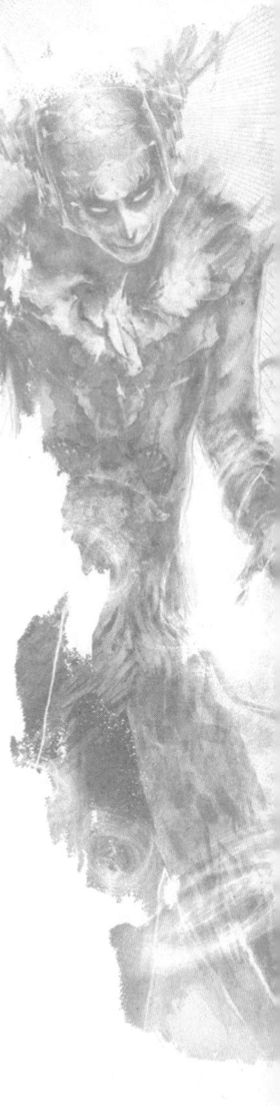

《獵命師傳奇》首部曲，最後一集——

這一擊閃耀出全東京最熱血的光芒。

眾人屏息以待，就連義經都忍不住將眼神投向那熊熊火流。

戰神的眼神竟充滿了羨慕。

等待多年，歷經多少困難險惡，遭遇無數親仇強敵。

火與火的重逢。

他們終於如願，一起站在血族大魔王的面前。

即使這個魔王的真面目，出乎所有人的意料。

但，那又如何？

「哥，你來啦！」烏拉拉笑得連眼睛都不見了。

「難道靠你這小子？你行嗎？」烏霆殲皺眉，嘴角卻不自覺露出了笑意。

這個世界上最濃厚的兄弟聯手，熱血燃燒！

獵命師十九預測活動揭曉

連文帶序，

獵命師十六，二〇〇九年十一月十六日交稿

獵命師十七，二〇一〇年十一月十八日交稿

獵命師十八，二〇一一年六月十九日交稿

從十六到十七，**三百六十三天！**

從十七到十八，**兩百一十二天！**

眾所矚目、萬眾期盼的獵命師十九，究竟何年何月得償所望？

獵命師十九，完整交稿日——

二〇一二年七月二十七日！（小編淚目了）

共計**四百零三天！**

以下公布預測時間最接近的十位讀者，將獲得《獵命師．卷十九》新刊。

■預測時間獎

陳屏兆（台北市）、何韋勝（高雄市）、蔡孟耕（高雄市）、黃敦毅（台中市）、李哲宇（新北市）、柯馨（台中市）、邱俊豪（嘉義縣）、徐瑋辰（高雄市）、吳馨怡（南投縣）、王儷錡（新北市）

蓋亞文化圖書目錄

書名	系列	作者	ISBN	頁數	定價
恐懼炸彈（新版）	都市恐怖病	九把刀	9789867450340	320	260
大哥大	都市恐怖病	九把刀	9789866815690	256	250
冰箱	都市恐怖病	九把刀	9789867929761	240	180
異夢	都市恐怖病	九把刀	9789867929983	304	240
功夫	都市恐怖病	九把刀	9789867450036	392	280
狼嚎	都市恐怖病	九把刀	9789867450142	344	270
依然九把刀（紀念版）	非小說・九把刀	九把刀	4710891430485		345
人生就是不停的戰鬥	非小說・九把刀	九把刀	9789866473029	384	280
不是盡力，是一定要做到	非小說・九把刀	九把刀	9789866473036	384	280
1%	非小說・九把刀	九把刀	9789866473647		400
BUT！人生最厲害就是這個BUT！	非小說・九把刀	九把刀	9789866157738	392	299
我買過最貴的東西，是夢想。	非小說・九把刀	九把刀	9789866815300	272	280
綠色的馬	九把刀・小說	九把刀	9789866815300	272	280
後青春期的詩	九把刀・小說	九把刀	9789866157530	272	250
上課不要看小說	九把刀・小說	九把刀	9789866473654	272	280
上課不要烤香腸	九把刀・小說	九把刀	9789866157806	304	280
樓下的房客	住在黑暗	九把刀	9789867450159	304	240
獵命師傳奇 卷一～卷十二	悅讀館	九把刀			各180
獵命師傳奇 卷十三～卷十九	悅讀館	九把刀			各199
臥底	悅讀館	九把刀	9789867450432	424	280
哈棒傳奇	悅讀館	九把刀	9789867929884	296	250
魔力棒球（修訂版）	悅讀館	九把刀	9789867450517	224	180
仇鬼豪戰錄 套書（上下不分售）	悅讀館	九鬼	9789866815379		499
輪迴	悅讀館	九鬼	9789866815782	256	199
都市妖1～14	悅讀館	可蕊			
青丘之國（都市妖外傳）	悅讀館	可蕊	9789867450470	320	220
都市妖奇談 全三卷	悅讀館	可蕊	9789866815058		各250
捉鬼實習生 1 少女與鬼差	悅讀館	可蕊	9789866815119	208	180
捉鬼實習生 2 新學期與新麻煩	悅讀館	可蕊	9789866815126	240	199
捉鬼實習生 3 借命殺人事件	悅讀館	可蕊	9789866815263	352	250
捉鬼實習生 4 兩個捉鬼少女	悅讀館	可蕊	9789866815270	256	199
捉鬼實習生 5 山夜	悅讀館	可蕊	9789866815409	208	180
捉鬼實習生 6 亂局與惡鬥	悅讀館	可蕊	9789866815416	240	199
捉鬼實習生 7 紛亂之冬（完）	悅讀館	可蕊	9789866815515	240	199
捉鬼番外篇：重逢	悅讀館	可蕊	9789866815652	320	250
魔法師的幸福時光 1 舞蹈者	悅讀館	可蕊	9789866815768	240	199
魔法師的幸福時光 2 鏡子迷宮	悅讀館	可蕊	9789866815898	256	220
魔法師的幸福時光 3 空痕	悅讀館	可蕊	9789869473135	256	220
魔法師的幸福時光 4 古卷	悅讀館	可蕊	9789866473388	256	220
魔法師的幸福時光 5 綠色森林	悅讀館	可蕊	9789866473661	256	220
魔法師的幸福時光 6 葉脈	悅讀館	可蕊	9789866157080	224	199
魔法師的幸福時光 7 流光之殤	悅讀館	可蕊	9789866157172	224	199
魔法師的幸福時光 8 海盜	悅讀館	可蕊	9789866157257	240	199
魔法師的幸福時光 9 龍戰 （第一部完）	悅讀館	可蕊	9789866157462		299
魔法師的幸福時光 番外篇	悅讀館	可蕊	9789866473913	208	180
太古的盟約　卷一～卷四	悅讀館	冬天			各240
太古的盟約　卷五～卷九	悅讀館	冬天			各199
月與火犬 卷1～8	悅讀館	星子			
魘	悅讀館	星子	9789866473968	288	240

*實際定價以各書版權頁爲準

百兵　卷一～卷八（完）	悅讀館	星子	9789867450531	272	1535
七個邪惡預兆	悅讀館	星子	9789867450913	272	200
不幫忙就搗蛋	悅讀館	星子	9789867450258	308	220
陰間	悅讀館	星子	9789866815027	288	220
黑廟　陰間2	悅讀館	星子	9789866815577	256	220
捉迷藏　陰間3	悅讀館	星子	9789866157073	256	220
無名指　日落後1	悅讀館	星子	9789866815362	336	250
囚魂傘　日落後2	悅讀館	星子	9789866815446	288	240
蟲人　日落後3	悅讀館	星子	9789866815713	280	240
魔法時刻　日落後4	悅讀館	星子	9789866473173	304	240
怪物　日落後5	悅讀館	星子	9789866473500	288	240
餓死鬼　日落後6	悅讀館	星子	9789866473616	256	220
萬魔繪　日落後7	悅讀館	星子	9789866473814	288	240
太歲（修訂版）　卷一～卷六	悅讀館	星子			各280
太歲（修訂版）　卷七（完）	悅讀館	星子	9789866815881	392	299
東濱街道故事集　惡都1	悅讀館	喬靖夫	9789866815829	208	180
慈悲　惡都2	悅讀館	袁建滔	9789866473043	336	240
犬女　惡都3	悅讀館	袁建滔	9789866473227	208	180
武道狂之詩　卷一 風從虎・雲從龍	悅讀館	喬靖夫	9789866473005	256	220
武道狂之詩　卷二 蜀都戰歌	悅讀館	喬靖夫	9789866473340	256	220
武道狂之詩　卷三 震關中	悅讀館	喬靖夫	9789866473494	256	220
武道狂之詩　卷四 英雄街道	悅讀館	喬靖夫	9789866473623	256	220
武道狂之詩　卷五 高手盟約	悅讀館	喬靖夫	9789866473937	256	220
武道狂之詩　卷六 任俠天下	悅讀館	喬靖夫	9789866473975	224	199
武道狂之詩　卷七 夜戰廬陵	悅讀館	喬靖夫	9789866157196	240	199
武道狂之詩　卷八 破門六劍	悅讀館	喬靖夫	9789866157332	240	199
武道狂之詩　卷九 鐵血之陣	悅讀館	喬靖夫	9789866157516	240	199
武道狂之詩　卷十 狼行荊楚	悅讀館	喬靖夫	9789866157820	240	199
惡魔斬殺陣　吸血鬼獵人日誌 I	悅讀館	喬靖夫	9789867450821	240	199
冥獸酷殺行　吸血鬼獵人日誌II	悅讀館	喬靖夫	9789867450838	240	199
殺人鬼繪卷　吸血鬼獵人日誌III	悅讀館	喬靖夫	9789867450920	240	199
華麗妖殺團　吸血鬼獵人日誌IV	悅讀館	喬靖夫	9789867450937	368	250
地獄鎮魂歌　吸血鬼獵人日誌 特別篇	悅讀館	喬靖夫	9789867450999	192	129
殺禪　全八卷	悅讀館	喬靖夫			各180
誤宮大廈	悅讀館	喬靖夫	9789866815423	256	220
香港關機	悅讀館	喬靖夫	即將出版		
四百米的終點線	悅讀館	天航	9789866157004	364	250
君子街，淑女拳	悅讀館	天航	9789866157097	272	240
戀上白羊的弓箭	悅讀館	天航	9789866157165	288	240
君子街，淑女拳	悅讀館	天航	9789866157097	272	240
披上狼皮的羊咩咩	悅讀館	天航	9789866157745	288	250
書蟲的少年時代	悅讀館	天航			
術數師1　愛因斯坦被摑了一巴掌	悅讀館	天航	9789866815911	336	240
術數師2　蕭邦的刀・少女的微笑	悅讀館	天航	9789866473050	336	240
術數師3　宮本武藏的末世傳人	悅讀館	天航	9789866157318	336	240
三分球神射手 1～6（完）	悅讀館	天航		272	1420
天使密碼 全五卷	悅讀館	游素蘭			各220
說鬼　黑白館1	悅讀館	琦琦	9789866473333	320	240
惡疫　黑白館2	悅讀館	琦琦	9789866473517	272	240
遺怨　黑白館3	悅讀館	琦琦	9789866157486		240

＊實際定價以各書版權頁為準

噩盡島 1～13（完）	悅讀館	莫仁		272	2739
噩盡島II 1～11（完）	悅讀館	莫仁			
異世遊　全五卷	悅讀館	莫仁		304	各240
遁能時代 全五卷	悅讀館	莫仁			各240
山貓　因與聿案簿錄 1	悅讀館	護玄	9789866815560	256	220
水漬　因與聿案簿錄 2	悅讀館	護玄	9789866815645	256	220
彩劵　因與聿案簿錄 3	悅讀館	護玄	9789866815775	256	220
祕密　因與聿案簿錄 4	悅讀館	護玄	9789866815836	256	220
失去　因與聿案簿錄 5	悅讀館	護玄	9789866473074	296	240
不明　因與聿案簿錄 6	悅讀館	護玄	9789866473319	272	240
雙生　因與聿案簿錄 7	悅讀館	護玄	9789866473586	288	240
終結　因與聿案簿錄 8（完）	悅讀館	護玄	9789866473685	288	240
異動之刻 1～10（完）	悅讀館	護玄			
殺意　案簿錄 1	悅讀館	護玄	9789866157547		220
惡鄰　案簿錄2	悅讀館	護玄			240
新版特殊傳說 1~3	悅讀館	護玄			
希臘神諭	悅讀館	戚建邦	9789866815706	320	250
莎翁之筆　筆世界1	悅讀館	戚建邦	9789866473128	288	220
反物質神杖　筆世界2	悅讀館	戚建邦	9789866473272	272	220
啓示錄之心　筆世界3	悅讀館	戚建邦	9789866157349		220
渾沌女神　筆世界04 (完)	悅讀館	戚建邦	9789866157998		220
血故事　人魔詩篇1	悅讀館	羽奇	9789866815638	224	180
氏族血戰	悅讀館	天下無聊	9789866473753	224	180
獵頭	悅讀館	烏奴奴&夏佩爾	9789866473739	288	240
貞觀幽明譚	悅讀館	燕壘生	即將出版		
天誅第一部　烈火之城卷（上）、（下）	悅讀館	燕壘生			各240
天誅第二部　天誅卷一～卷三（完）	悅讀館	燕壘生			各250
天誅第三部　創世紀卷一～卷三（完）	悅讀館	燕壘生			共810
伏魔　道可道系列 1	悅讀館	燕壘生	9789867450630	168	139
辟邪　道可道系列 2	悅讀館	燕壘生	9789867450647	168	139
斬鬼　道可道系列 3	悅讀館	燕壘生	9789867450722	224	180
搜神　道可道系列 4	悅讀館	燕壘生	9789867450739	224	180
道門秘寶　道可道系列番外篇	悅讀館	燕壘生	9789866815522	320	250
活埋庵夜譚（限）	悅讀館	燕壘生	9789867450333	224	200
彌賽亞：幻影蜃樓 上下兩部	悅讀館	何弼& 櫻木川	9789867450609	240	各180
銀河滅	悅讀館	洪浚	9789866815508	288	240
公元6000年異世界（新版）	悅讀館	Div	9789866815621	312	240
天外三國　全三部	悅讀館	Div			各180
夜城1～9	夜城	賽門・葛林			
影子瀑布	Fever	賽門・葛林	9789866815607	464	380
善惡方程式（上下不分售）	Fever	珍・簡森	9789866815478	842	599
熾熱之夢	Fever	喬治・馬汀	9789866473234	456	360
審判日	Fever	珍・簡森	9789866473357	592	420
光之逝	Fever	喬治・馬汀	9789866473203	384	320
魔法咬人	Fever	伊洛娜・安德魯斯	9789866473593	336	280
殺人恩典	Fever	克莉絲汀・卡修	9789866473760	400	299
魔法烈焰	Fever	伊洛娜・安德魯斯	9789866473746	352	299
魔法衝擊	Fever	伊洛娜・安德魯斯	9789866473999	352	299
守護者之心　秘史系列1	Fever	賽門・葛林	9789866157011	416	350
惡魔恆長久　秘史系列2	Fever	賽門・葛林	9789866157219	464	350
火兒　恩典系列2	Fever	克莉絲汀・卡修	9789866157202	384	299

*實際定價以各書版權頁爲準

作祟情報員　秘史系列3	Fever	賽門・葛林	9789866157233	352	299
魔印人	Fever	彼得・布雷特	9789866157325	512	399
錯亂永生者　秘史系列4	Fever	賽門・葛林	9789866157424		299
魔法傳承	Fever	伊洛娜・安德魯斯	9789866157653	420	350
獵魔士：最後的願望	Fever	安傑・薩普科夫斯基	9789866157493	368	320
魔印人2沙漠之矛（上下）	Fever	彼得・布雷特		792	640
獵魔士：命運之劍	Fever	安傑・薩普科夫斯基	9789866157752	464	350
藍月東升	Fever	賽門・葛林	9789866157721	496	399
魔法獵殺	Fever	伊洛娜・安德魯斯	9789866157769	392	340
破戰者（上下）	Fever	布蘭登・山德森		792	640
歲月之石　卷一～六	阿倫德年代紀	全民熙			各299
歲月之石　卷七	阿倫德年代紀	全民熙	即將出版		
德莫尼克 卷一～卷八（完）	符文之子2	全民熙			
符文之子 卷一～卷七（完）	符文之子1	全民熙	9789866815133	360	299
打工族買屋記	悅讀・日本小說	有川浩	9789866157622	320	280
茶道少主京都出走	悅讀・日本小說	松村榮子	9789866157509	368	320
三個歐吉桑	悅讀・日本小說	有川浩	9789866157639	384	320
魔道御書房：科／幻作品閱讀筆記	知識樹	洪凌	9789867450326	240	220
光幻諸次元註釋本	知識樹	洪凌	9789866157882		240
有關女巫：永不止息的魔法傳奇	知識樹	凱特琳&艾米	9789867450548	256	220
從九頭蛇到九尾狐	知識樹	王新禧等著	9789866815430	192	180
魔法世界之旅	知識樹	天沼春樹&水月留津	9789866473241	240	220
超級英雄榜（全彩）	知識樹	張清龍	9789866157370		280
阿宅的奇幻事務所	知識樹	朱學恒	9789866815492	256	199
新的世界沒有神	朱學恒作品集	朱學恒	9789866473302	304	260
宅男子漢的戰鬥	朱學恒作品集	朱學恒	9789866473982	272	260
一入宅門深似海	朱學恒作品集	朱學恒	9789866157912	272	260
再見，東京 1～4（第一部完）	明毓屏作品集	明毓屏			各250
柯普雷的翅膀	畫話本	AKRU	9789866815935		240
吳布雷茲・十年	畫話本	Blaze Wu	9789866473289		480
魔廚	畫話本	爆野家	9789866473609		200
北城百畫帖	畫話本	AKRU	9789866157028		240
邢大與狐仙（上下）	畫話本	艾姆兔M2			各220
上上籤	畫話本	YinYin	9789866157554		220
Lunavis在天空飛翔的旅人	畫話本	金(王民)志	9789866157776	192	480
臨時預約 陰陽堂	畫話本	爆野家	9789863190004		220
幸福調味料	畫話本	阮光民	9789863190066		240
典藏、創意、狂想：CCC創作集1	CCC創作集	艾姆兔等	9789860323528	256	220
日本時代的那些事：CCC創作集2	CCC創作集	AKRU等	9789860323979	304	220
大海深深藍藍的：CCC創作集3	CCC創作集	AKRU等	9789860326697	344	220
異人的足跡：CCC創作集4	CCC創作集	AKRU等	9789860326680	320	220
城市大冒險：CCC創作集5	CCC創作集		9789860269598		220
百年芳華－台灣女性百年風貌 CCC創作集6	CCC創作集		9789860280197		220
七月半聽故事：CCC創作集7	CCC創作集	爆野家等	9789860287325	256	220
特別 的日子：節慶・祭典：CCC創作集8	CCC創作集	AKRU等	9789860301946	296	220
百業職人：CCC創作集9	CCC創作集	AKRU等	9789860315271	256	220
華麗的壯遊：CCC創作集10	CCC創作集	AKRU等	即將出版		
古本山海經圖說　上卷、下卷		馬昌儀			各550
聽說	小說電影館	簡士耕	9789866473371	208	199
愛你一萬年	小說電影館	簡士耕	9789866473944	256	250
初戀風暴	小說電影館	簡士耕	9789866157103	256	199

＊實際定價以各書版權頁爲準

國家圖書館出版品預行編目資料

獵命師傳奇.Fatehunter／九把刀(Giddens) 著.
——初版.——台北市：蓋亞文化，2012.08-
冊； 公分. ——(悅讀館；RE089)
ISBN 978-986-319-004-2 (卷19；平裝)

857.7 98010662

悅讀館 RE089

獵命師傳奇系列【卷十九】

作者／九把刀（Giddens）
插畫／Blaze Wu
封面設計／克里斯
出版／蓋亞文化有限公司
地址◎台北市103赤峰街41巷7號1樓
電話◎（02）25585438 傳眞◎（02）25585439
部落格◎gaeabooks.pixnet.net/blog
臉書◎www.facebook.com/Gaeabooks
服務信箱◎gaea@gaeabooks.com.tw
投稿信箱◎editor@gaeabooks.com.tw
郵撥帳號◎19769541 戶名：蓋亞文化有限公司
法律顧問／義正國際法律事務所
總經銷／聯合發行股份有限公司
地址◎新北市新店區寶橋路二三五巷六弄六號二樓
電話◎（02）29178022 傳眞◎（02）29156275
港澳地區／一代匯集
電話◎（852）27838102 傳眞◎（852）23960050
地址◎九龍旺角塘尾道64號龍駒企業大廈10樓B&D室
初版三刷／2015年4月
定價／新台幣 199 元
Printed in Taiwan

ISBN／978-986-319-004-2

RE089
GAEA

獵命師傳奇
天命在我・自創一格
—創意命格有獎徵文活動

替獵命師們構想奇命！為自己開創中獎命數！

由於反應熱烈，命格徵文活動將改爲每冊固定舉行。我們會在每次《獵命師傳奇》出版前，固定由作者九把刀遴選投稿，讓你設計的命格在下一集《獵命師傳奇》的世界中登場。

獲選者可獲贈《獵命師傳奇》周邊商品，及九把刀最新作品一本。

■注意事項

⊙命格投稿請比照書中一貫的描述格式，並填寫本回函所附表格。

⊙請參加讀友留下正確姓名地址，以便發表時註明構想者與贈獎。

⊙本活動遴選之命格使用權利歸蓋亞文化有限公司所有。

⊙活動及抽獎結果，將於每集《獵命師傳奇》出版時公佈於蓋亞文化部落格。

⊙本抽獎回函影印無效。

姓名：__________ **生日　　年　　月　　日 性別：□男□女**

聯絡電話或手機：__________

E-mail：__________

地址：□□□ __________

命格名稱：__________

命格：__________

存活：__________

徵兆：__________

特質：__________

進化：__________

關於命格投稿，九把刀會針對投稿者的想法創作更完整的設定修改，以符合故事須要，或九把刀個人愛胡說八道的壞習慣。戰鬥吧！燃燒你的創意！

廣告回信 郵資免付
台北郵局登記證
台北廣字第675號

GAEA

蓋亞文化有限公司　收

103 台北市赤峰街41巷7號1樓

Gaea

Gaea

GAEA

Gaea